COLEÇÃO VIS MEA IN LABORE

1. MANUAL DO AMADOR DE CÃES — Eurico Santos
2. PESCA E PISCICULTURA — Eurico Santos
3. AMADOR DE PÁSSAROS — Eurico Santos
4. HISTÓRIA NATURAL DAS AVES DO BRASIL (Ornitologia Brasileira) — J. J. Descourtilz
5. HISTÓRIAS, LENDAS E FOLCLORE DE NOSSOS BICHOS — Eurico Santos
6. AVES DO BRASIL — Deodato de Sousa
7. NOSSAS MADEIRAS — Eurico Santos
8. A VIDA DAS ABELHAS — (Um Mundo Maravilhoso) — Maurice Maeterlinck
9. A VIDA DAS FORMIGAS — (Um Universo Misterioso) — Maurice Maeterlinck

A VIDA DAS ABELHAS

COLEÇÃO VIS MEA IN LABORE

Diretor editorial
Henrique Teles

Produção editorial
Eliana Nogueira

Arte gráfica
Ludmila Duarte

Revisão
Eduardo Satlher Ruella

EDITORA GARNIER
Belo Horizonte
Rua São Geraldo, 67 - Floresta - Cep.: 30150-070 - Tel.: (31) 3212-4600
e-mail: vilaricaeditora@uol.com.br

MAURICE MAETERLINCK

A VIDA DAS ABELHAS

um mundo maravilhoso

2ª Edição

GARNIER
desde 1844

Dados Internacionais de Catalogação na Publicação (CIP) de acordo com ISBD

M186v Maeterlinck, Maurice

A vida das abelhas / Maurice Maeterlinck. - 2ª ed. - Belo Horizonte, MG : Garnier, 2020.
164 p. : il. ; 14cm x 21 cm.

Inclui índice.
ISBN 978.65.990.765-0-3

1. Literatura francesa. I. Título.

2020-450 CDD 840
CDU 821.133.1

Elaborado por Vagner Rodolfo da Silva - CRB-8/9410

Índice para catálogo sistemático:

1. Literatura francesa 840
2. Literatura francesa 821.133.1

SUMÁRIO

LIVRO PRIMEIRO

NO UMBRAL DA COLMEIA

I

Não tenho a intenção de escrever um tratado de apicultura ou de criação de abelhas. Todos os países civilizados os têm, excelentes, e é inútil reescrevê-los. A França tem os de Dadant, Jorge de Layens e Bonnier, os de Bertrand, Hamet, Weber e Clement, o do abade Collin, e outros. Os países de língua inglesa têm Langstroth, Bevan, Cook, Cheshire, Cowan, Root e seus discípulos. A Alemanha tem Dzierzon, Van Berlepsch, Pollmann, Vogel e muitos outros.

Tampouco se trata de uma monografia científica sobre a *apis mellífica, ligústica, fasciata* etc., nem de uma coleção de observações ou novos estudos. Não direi quase nada que não saibam os que observaram um pouco as abelhas. A fim de que esta obra não resulte pesada, reservei para uma outra, mais técnica, certo número de experiências e observações, de um interesse demasiado limitado e especial, feitas durante meus vinte anos de apicultura.

Quero falar simplesmente das "ruivas avezitas" de Ronsard, como quem fala, aos que não conhecem, sobre um objeto conhecido e amado. Não pretendo engalanar a verdade nem substituir, segundo a justa censura que Réaumur fez aos que antes dele se ocuparam de nossas colmeias, uma maravilha real por outra complacente e imaginária. Se há muito de maravilhoso numa colmeia, isto não é razão para aumentá-lo. Ademais, há muito tempo renunciei a buscar neste mundo maravilha mais interessante e bela que a verdade, ou pelo menos que o esforço do homem para conhecê-la.

Não nos empenhemos em encontrar a grandeza da vida nas coisas incertas. Todas as coisas muito certas são muito grandes, e até agora não chegamos a circundar nenhuma delas. Não afirmarei, pois, nada que não tenha comprovado por mim mesmo ou que não seja tão admitido pelos clássicos da apidologia que toda comprovação resulte ociosa.

Minha parte se limitará a apresentar os fatos da forma mais exata, se bem que um pouco mais animada; a misturá-los com algumas reflexões mais extensas e mais livres; a agrupá-los de maneira um tanto mais harmoniosa do que se pode fazer num guia, num manual prático ou numa monografia científica.

O leitor deste livro não se achará em condições de dirigir uma colmeia, mas conhecerá quase tudo o que se sabe de certo, de curioso, de profundo e íntimo sobre seus habitantes. Não é muito, comparado com o que há por aprender. Omitirei todas as tradições errôneas que ainda formam, no campo e em muitas obras, a fábula das abelhas. Quando houver dúvida, desacordo, hipótese, quando chegar ao desconhecido, será declarado lealmente. Logo vereis como nos detemos amiúde em presença do desconhecido. À parte os grandes atos sensíveis de sua polícia e sua atividade, nada se sabe de muito preciso sobre as fabulosas filhas de Aristeu. À medida que se as cultiva, se aprende a ignorar mais as profundezas da sua existência real, mas é uma maneira melhor de ignorar do que a ignorância inconsciente e satisfeita que constitui o fundo de nossa ciência da vida; e isto é provavelmente tudo quanto o homem pode jactar-se de aprender neste mundo.

Existe algum trabalho semelhante sobre a abelha? Creio ter lido quase tudo o que se escreveu sobre ela e não conheço, neste gênero, senão o capítulo que lhe reserva Michelet ao final de *O inseto* e o ensaio que lhe consagra Ludwig Buchne, célebre autor de *Força e matéria*, "Geistes Leben der Thiere".[1] Michelet apenas aflorou o assunto; o estudo de Buchner é bastante completo, mas ao ler suas afirmações ousadas, seus rasgos legendários e as referências de há muito abandonadas, suspeito que não saiu de sua biblioteca para interrogar suas heroínas e nunca abriu nenhuma colmeia das centenas, tumultuosas e como que inflamadas de asas, que são necessárias vio-

1. Poderíamos citar, ademais, a monografia de Kirby e Spence em sua *Introduction to entomology*, mas é quase exclusivamente técnica.

lar antes que nosso instinto concorde com seu segredo, antes de nos impregnarmos da atmosfera, do perfume, do espírito e do mistério das virgens laboriosas. Não cheira a mel nem a abelha, e tem o defeito de muitos de nossos livros de erudição, cujas conclusões são frequentemente preconcebidas e cujo aparato científico é formado de enorme acumulação de anedotas incertas e tomadas de todas as partes. Ademais, raramente deparei com ele em meu trabalho, porque nossos pontos de partida, nossos pontos de vista e nossos fins são muito diferentes.

II

A bibliografia sobre a abelha (comecemos pelos livros, a fim de nos desembaraçarmos deles o mais depressa possível e irmos à própria fonte) é das mais extensas. Desde o princípio, esse pequeno ser estranho, que vive em sociedade, sob leis complicadas e executa na sombra trabalhos prodigiosos, chamou a atenção do homem. Aristóteles, Catão, Varrão, Plínio, Columela e Paládio se ocuparam das abelhas; sem falar do filósofo Aristômaco que, no dizer de Plínio, as observou durante cinquenta anos, ou de Filisco de Tasso, apelidado o *Selvagem*, que viveu em lugares desertos para não ver nada senão elas. Mas isto é muito mais a lenda da abelha, e o que dela se pode depreender (quer dizer, quase nada) se acha resumido no canto quarto das *Geórgicas*, de Virgílio.

Sua história não começa senão no século XVII, com as descobertas do grande sábio holandês Swammerdam. Sem dúvida, convém acrescentar um detalhe pouco conhecido: antes de Swammerdam, um naturalista flamengo, Clutius, havia afirmado, entre outras verdades importantes, que a rainha é a única mãe de todo o seu povo e que possui os atributos de ambos os sexos, mas não as havia provado. Swammerdam inventou os verdadeiros métodos de observação científica, criou o microscópio, imaginou as injeções conservadoras, foi o primeiro que dissecou as abelhas; precisou definitivamente, com o descobrimento dos ovários e do oviduto, o sexo da rainha, que até então era tida como rei, e lançou inesperada luz sobre toda a política da colmeia, fundando-a sobre a maternidade. Por fim, traçou cortes e desenhou gravuras tão perfeitas que ainda hoje servem para ilustrar mais de um tratado de apicultura. Num estilo piedoso e preciso, onde simples e belos impulsos de uma fé que teme vacilar convertem tudo na glória do Criador, consignou suas observações na grande obra *Bybel der Natuure*, que o dr. Boerhave, um século depois, fez traduzir do neerlandês para o latim, sob o título de *Biblia naturae* (Leide, 1737). Vivia na agitada e sombria Amsterdan de então, menosprezando "a doce vida do campo", e morreu aos 43 anos, extenuado pelo trabalho.

Veio depois Réaumur que, fiel aos mesmos métodos, fez uma multidão de experiências e observações curiosas em seus jardins de Charenton. Reservou para as abelhas um volume inteiro de suas *Mémoires pour servir à l'histoire des insectes*, que pode ser lido com proveito e sem fastio. É claro, direto, sincero e não desprovido de certo encanto um pouco rude e um tanto seco. Dedicou-se sobretudo a destruir muitos erros inveterados, difundiu alguns novos, esclareceu em parte a formação dos enxames e o regime político das rainhas; encontrou, em suma, várias verdades difíceis e colocou-nos na pista de muitas outras. Consagrou, por sua própria ciência, as maravilhas da arquitetura da colmeia, e tudo que dela disse ninguém o fez melhor. Deve-se a ele também a ideia das colmeias com cristais que, aperfeiçoadas depois, puseram a descoberto a vida privada dessas ariscas operárias que começam sua obra à resplandecente luz do sol, mas não a coroam senão nas trevas. Para ser completo, deveria citar, ademais, as investigações e obras um tanto posteriores de Charles Bonnet e de Schirach (que resolveu o enigma do ovo real), mas, limitando-me à grandes linhas, chego a Franz Huber, mestre e clássico da ciência apícola de hoje.

Huber, nascido em Genebra em 1750, perdeu a vista ainda na infância. Interessando-se cedo pelas experiências de Réaumur, que ele queria comprovar, não tardou em apaixonar-se por aquelas investigações e, com a ajuda de um criado inteligente e fiel, Franz Burnens, consagrou a vida inteira ao estudo da abelha. Nos anais do sofrimento e das vitórias humanas, nada mais comovedor e cheio de bons conselhos que a história dessa paciente colaboração, na qual um, que não possuía mais que uma luz imaterial, guiava com seu espírito as mãos e os olhos do outro, que gozava da luz real; onde aquele que, segundo se assegura, nunca vira um favo de mel, através do véu de seus olhos mortos que dobrava para ele o outro véu com que a Natureza tudo envolve, surpreendia os segredos mais profundos do gênio que formava esse favo de mel invisível, como para ensinar-nos que não há estado em que devamos renunciar à esperança e à busca da verdade. Não enumerarei o que a ciência apícola deve a Huber; seria mais fácil demonstrar o que não lhe deve. Suas *Novas observações sobre as abelhas*, cujo primeiro volume foi escrito em 1789 na forma de cartas a Charles Bonnet, não aparecendo o segundo senão vinte anos após, são o tesouro abundante e seguro de que se servem os apidólogos. É certo que nele se encontram alguns erros, algumas verdades imperfeitas; desde a composição de seu livro, muito se acresceu à micrografia, à cultura prática das abelhas, ao manejo das rainhas etc., mas não se pode desmentir ou apanhar em falta uma só de suas observações principais que permanecem intactas em nossa experiência atual e em sua base.

III

Depois das revelações de Huber seguem-se alguns anos de silêncio, mas logo Dzierzon, cura de Carlsmark (na Silésia), descobre a partenogênese, quer dizer, o parto virginal das rainhas, e imagina a primeira colmeia de favos móveis, graças à qual o apicultor poderá, depois, colher a sua parte da produção de mel sem matar suas melhores colônias e sem destruir num instante o trabalho de um ano. Esta colmeia, se bem que imperfeita, é magistralmente aperfeiçoada por Langstroth, que inventou o quadro móvel propriamente dito, propagado na América com extraordinário êxito. Root, Quimby, Dadant, Cheshire, Layens, Cowan, Heddon, Howard, entre outros, introduzem nela alguns melhoramentos preciosos. Mehring, para poupar às abelhas a elaboração da cera e a construção de armazéns, o que lhes custa muito mel e o melhor de seu tempo, concebe a ideia de oferecer-lhes favos de cera mecanicamente alveolados, que elas logo aceitam e adequam às suas necessidades. Hruschka inventa o *Smelatore* que permite extrair o mel, mediante a força centrífuga, sem romper os favos etc. Em poucos anos se quebra a rotina da apicultura. Por toda parte se fundam vastas e produtivas colmeias com capacidade e fecundidade triplicadas. A partir deste momento tem fim o inútil extermínio das colmeias mais laboriosas e a odiosa seleção invertida que este tinha como consequência. O homem se faz verdadeiramente senhor das abelhas, um senhor furtivo e ignorado, que tudo dirige sem dar ordens e é obedecido sem que o reconheçam. Substitui o destino das estações. Repara as injustiças do ano. Reúne as repúblicas inimigas. Iguala as riquezas. Aumenta ou diminui os nascimentos. Regula a fecundidade da rainha. Destrona-a e a substitui depois de um consentimento difícil, que sua habilidade obtém à força, de um povo que se alvoroça à suspeita de uma intervenção inconcebível. Viola pacificamente, quando o julga útil, o segredo das câmaras sagradas e a política astuta e previdente do gineceu real. Retira cinco ou seis vezes seguidas o fruto de seu trabalho às irmãs do bom convento infatigável, sem lastimá-las, sem desalentá-las e sem empobrecê-las. Proporciona os depósitos e celeiros de suas moradas com a colheita de flores espargidas pela primavera, em sua pressa desigual, pelas encostas das colinas. Obriga-as a reduzir o número faustoso dos amantes que esperam o nascimento das princesas. Enfim, faz o que quer e obtém delas o que deseja, desde que não peça nada contrário a suas virtudes nem às suas leis, porque através da vontade do inesperado deus que se fez senhor delas — demasiado vasto para ser discernido e demasiado estranho para que o compreendam — elas enxergam mais longe que ele, e não pensam senão em cumprir, com uma abnegação firmíssima, o dever misterioso de sua raça.

IV

Agora que os livros nos disseram o que tinham de essencial sobre uma história muito antiga, deixemos a ciência adquirida pelos outros para vermos com nossos olhos as abelhas. Uma hora passada em meio às colmeias nos ensinará coisas quiçá menos precisas, mas infinitamente mais vivas e fecundas.

Ainda recordo a primeira colmeia que vi, com a qual aprendi a estimar as abelhas. Foi há muito anos, numa aldeia dessa Flandres zelandesa, tão limpa e tão graciosa, a qual, mais que a própria Zelândia, espelho côncavo da Holanda, concentrou o gosto pelas cores vivas e acaricia com os olhos, como formosos e graves brinquedos, os remates de sua fachadas pontiagudas; suas torres e seus carros pintados; seus armários e relógios que reluzem no fundo dos corredores; suas arvorezinhas alinhadas ao longo dos molhes e dos canais à espera, segundo parece, de uma cerimônia benéfica e cândida; suas barcas de proas carregadas de adornos; suas pontes levadiças minuciosas e multicoloridas; suas casinhas envernizadas, como louça harmoniosa e brilhante, de onde saem mulheres em forma de sino e cheias de adornos de ouro e prata para ir ordenhar as vacas em prados rodeados de cercas brancas ou para estender roupa sobre a relva recortada de ovais ou losangos e harmoniosamente verde, de floridos gramados.

Algum velho sábio, bastante parecido com o ancião de Virgílio, "homem igual aos reis, parecido com os deuses, satisfeito e tranquilo como estes", como diria La Fontaine, se retiraria onde a vida parecesse menor que nos outros lugares, se realmente fosse possível diminuir a vida. Teria feito ali seu refúgio, não enfastiado — porque o sábio não conhece os grandes fastios —, mas cansado de interrogar aos homens, que respondem com menos simplicidade que os animais e as plantas às únicas perguntas interessantes que se podem fazer à Natureza e às leis verdadeiras. Sua fortuna, como a do filósofo cita, consistiria nas belezas do jardim, e, entre estas, a mais animada e a mais visitada seria uma colmeia, composta de doze campânulas de palha que ele mesmo tinha pintado: umas de cor-de-rosa vivo, outras, de amarelo claro, e a maioria, de azul suave, porque haveria observado, muito antes das experiências de Sir John Lubbock, que o azul é a cor preferida das abelhas. Instalaria as colmeias junto à parede branca da casa, no ângulo que formava uma dessas saborosas e frescas cozinhas holandesas, com seus vasilhames de louça, e onde resplandeciam os estanhos e os cobres que, pela porta aberta, se refletiam num canal tranquilo. E a água, carregada de imagens familiares, sob um toldo de álamos, guiava a vista para o repouso de um horizonte de moinhos e pradarias.

Naquele ponto, onde quer que estivessem, as colmeias teriam dado às flores, ao silêncio, à doçura do ar, aos raios do sol, um significado novo. Ali se alcançava, de certa maneira, a alegre meta do estio. Ali se descansava na brilhante encruzilhada onde convergem e partem as rotas aéreas que percorrem da aurora ao crepúsculo, atarefados e sonoros enxames, todos os perfumes da campina. Ali se ia escutar a alma feliz e visível, a voz inteligente e musical, o fundo de alegria das belas horas do jardim. Ali se ia aprender, na escola das abelhas, as preocupações da Natureza onipotente, as relações luminosas entre os três reinos, a organização inesgotável da vida, a moral do trabalho ardente e desinteressado, o que equivale à moral do trabalho: as heróicas obreiras ensinavam também a gozar o sabor algo confuso do ócio, sublinhando, por assim dizer, com os traços de fogo de suas mil pequenas asas, as delícias quase imperceptíveis desses imaculados dias que giram sobre si mesmos nos campos do espaço, sem trazer-nos nada mais que um globo transparente, vazio de recordações, como uma felicidade demasiado curta.

V

A fim de seguir o mais completamente possível a história anual da colmeia, escolheremos uma que desperta na primavera e começa seu trabalho, e veremos desenvolver-se em sua ordem natural os grandes episódios da vida da abelha, a saber: a formação e partida do enxame, a fundação da nova colmeia, o nascimento, os combates e o voo nupcial das jovens rainhas, o extermínio dos machos e a volta do sono invernal. Cada um deste episódios trará de *per si* todos os esclarecimentos necessários sobre as leis, as particularidades, os costumes, os acontecimentos que os provocam ou acompanham, de maneira que, ao fim do breve ano apícola, cuja atividade não se estende mais que de abril até fins de setembro, teremos encontrado todos os mistérios da casa do mel. Por ora, antes de abri-la e lançar sobre ela uma vista geral, basta saber que se compõe de uma rainha, mãe de todo seu povo; de milhares de obreiras ou neutras, fêmeas incompletas e estéreis; e, por último, de algumas centenas de machos dentre os quais será eleito o esposo único e desgraçado da soberana futura, que as obreiras escolherão depois da partida mais ou menos voluntária da mãe reinante.

VI

A primeira vez que se abre uma colmeia se experimenta um pouco da emoção que causaria a violação de um objeto desconhecido, e quiçá cheio de terríveis surpresas; por exemplo, uma tumba. Há em torno das abelhas uma lenda de ameaças e perigos. Há na nervosa recordação dessas picadas, que provocam uma dor tão especial que não se sabe a que compará-las, algo como uma avidez fulgurante, uma espécie de chama do deserto que se estende pelo membro ferido; como se nossas filhas do sol tivessem extraído irritados raios de seu pai, um veneno explosivo para defender mais eficazmente os tesouros de doçura que tiram de suas horas benfeitoras.

Certo é que, aberta sem precaução por quem não conheça nem respeite o caráter nem os costumes de seus habitantes, a colmeia se converte num instante em espinheiro de cólera e heroísmo. Mas nada se adquire tão depressa quanto a pequena habilidade necessária para manejá-la impunemente. Basta um pouco de fumo projetado adequadamente, muito sangue-frio e suavidade, e as operárias, bem armadas, se deixam despojar sem que lhes ocorra sacar o aguilhão. Não reconhecem seu senhor, como se disse, não têm medo do homem, mas ao odor do fumo, aos gestos lentos que percorrem sua morada, sem ameaçá-las, imaginam que não se trata de um ataque ou de um grande inimigo contra o qual é possível defender-se, mas de uma força ou uma catástrofe natural, à qual convém submeter-se. Ao invés de lutarem em vão, cheias de uma previsão que se equivoca porque enxergam demasiado longe, querem ao menos salvar o porvir, e se lançam sobre as reservas de mel para tomar o que for possível e ocultar dentro de si o necessário para fundar em qualquer outro lugar e logo em seguida uma nova colmeia, se a antiga for destruída, ou se forem obrigadas a abandoná-la.

VII

O profano perante quem se abre uma colmeia de observação[2] logo fica bastante desiludido. Afirmaram-lhe que aquele cofrezinho

2. Chama-se *colmeia de observação* a que tem janelas dotadas de cortinas negras. As melhores não contêm mais que um favo, o que permite observá-la de ambos os lados. Sem perigo e sem inconvenientes, pode-se instalar essas colmeias, dotadas de uma saída exterior, num salão, numa biblioteca etc. As abelhas que habitam a que tenho em Paris, em meu gabinete de trabalho, recolhem no deserto de pedra da grande cidade o necessário para viver e prosperar.

de cristal encerrava uma atividade sem par, um número infinito de leis sábias, um assombroso resumo de gênio, mistérios, experiência, cálculos, ciência, indústrias diversas, previsões, certezas, costumes inteligentes, sentimentos e virtudes notáveis, e não descobre nele senão uma aglomeração confusa de bolinhas ruivas, muito parecidas com grãos de café torrado ou uvas passas aglomeradas contra o vidro, mais mortas que vivas, sacudidas por movimentos lentos, incoerentes e incompreensíveis. Não reconhece as admiráveis gotas de luz que pouco antes vertiam e saltavam sem cessar no alento animado, cheio de pérolas de ouro, de mil cálices abertos.

Esses pobres seres tiritam nas trevas; afogam-se em meio a uma multidão transida; parecem prisioneiras enfermas ou rainhas destronadas que não tiveram mais que um segundo de esplendor entre as iluminadas flores do jardim, para regressar em seguida à vergonhosa miséria de sua triste morada congestionada.

Acontece com elas o mesmo que com todas as verdades profundas: é preciso aprender a observá-las. Um habitante de um outro planeta que visse os homens indo e vindo quase imperceptivelmente pelas ruas, aglomerar-se em torno de certos edifícios ou em certas praças, esperar não se sabe o que, sem movimento aparente, no fundo de suas moradas, deduziria também que são inertes e miseráveis. Só com o tempo distinguiria a múltipla atividade dessa inércia.

Na verdade, cada uma dessas pequenas contas, quase imóveis, trabalha sem descanso e exerce um ofício diferente. Nenhuma conhece o repouso, e as que, por exemplo, parecem mais adormecidas e pendem dos vidros como cachos mortos, têm a tarefa mais misteriosa e cansativa: formam e segregam a cera. Mas logo encontraremos o detalhe da atividade unânime. Por ora, basta chamar a atenção sobre o traço essencial da natureza da abelha, que explica a extraordinária acumulação desse confuso trabalho. A abelha é, antes de tudo, e mais que a formiga, um ser da multidão. Não pode viver senão em aglomerados. Quando sai de uma colmeia, tão cheia que só à força pode abrir caminho através das muralhas vivas que a encerram, sai de seu elemento. Submerge num momento no espaço cheio de flores, como o nadador submerge no oceano cheio de pérolas; mas sob pena de morte é mister que a intervalos regulares volte a respirar a multidão, da mesma maneira que o nadador sai para respirar o ar. Isolada, dotada de víveres abundantes e na temperatura a mais favorável, expira ao cabo de alguns dias, não de fome ou de frio, mas de solidão. A aglomeração, a colmeia, exala para ela um alimento invisível tão indispensável quanto o mel. É preciso remeter-se a esta necessidade para compreender o espírito das leis da colmeia.

Na colmeia, o indivíduo não é nada; não tem senão existência condicional; não é senão um momento indiferente, um órgão alado da espécie. Toda sua vida é um sacrifício total ao ser inumerável e perpétuo de que toma parte. É curioso observar que não foi sempre assim. Ainda hoje se encontram entre os himenópteros melíferos todos os estados da civilização progressista de nossa abelha doméstica. No grau inferior da escala trabalha só, na miséria; amiúde nem sequer vê sua descendência (los prosopis, coletas etc.); por vezes vive em meio à estrita família anual que cria (os vespões). Forma logo associações temporárias (os panurgos, os dosípodos, os halictos etc.) para chegar finalmente, de grau em grau, à sociedade quase perfeita, mas impiedosa, de nossas colmeias, onde o indivíduo é inteiramente absorvido pela república, e esta, por sua vez, é regularmente sacrificada à coletividade abstrata e imortal do porvir.

VIII

Não nos apressemos a derivar destes fatos conclusões aplicáveis ao homem. O homem tem a faculdade de não submeter-se às leis da Natureza; e saber se faz mal ou bem em usar esta faculdade é o ponto mais grave e menos esclarecido de sua moral. Mas não por isso é menos interessante surpreender a vontade da Natureza num mundo diferente. Pois bem: na evolução dos himenópteros, que são, imediatamente depois do homem, os habitantes do mundo mais favorecidos quanto à inteligência, essa vontade parece muito clara. Tende visivelmente ao melhoramento da espécie, mas ao mesmo tempo demonstra que não a deseja, ou não pode obtê-la senão ao custo da liberdade, dos direitos e do bem-estar próprios do indivíduo. À medida que a sociedade se organiza e se eleva, a vida particular de cada um de seus membros vê minguar seu círculo. Assim que há progresso em algum lugar, não resulta senão do sacrifício cada vez mais completo do interesse pessoal para o geral. É necessário, desde já, que cada um renuncie aos vícios que são os atos de independência. Assim é que no penúltimo degrau da civilização apídea se encontram os vespões, parecidos com os nossos antropófagos. As operárias adultas espiam sem cessar os ovos, para devorá-los, e a mãe se vê obrigada a defendê-los encarniçadamente. É necessário também que cada qual, depois de ter-se desprendido dos vícios mais perigosos, adquira certo número de virtudes progressivamente penosas. As operárias dos vespões, por exemplo, não pensam em renunciar ao amor, ao passo que nossa abelha doméstica vive em perpétua castidade. Logo veremos, ademais, o quanto abandona em troca do bem estar, da segurança, da perfeição arquitetônica, econômica e política da colmeia, e voltaremos a nos ocupar da assombrosa evolução dos himenópteros no capítulo consagrado ao progresso da espécie.

LIVRO SEGUNDO

O ENXAME

I

As abelhas da colmeia que escolhemos superaram já o entorpecimento do inverno. A rainha voltou a botar ovos desde os primeiros dias de fevereiro. As operárias visitaram as anêmonas, as pulmonárias, os juncos, as violetas, os salgueiros, as aveleiras. A primavera invadiu a terra; os celeiros e os porões estão abarrotados de mel e pólen; a cada dia nascem milhares de abelhas. Os zangões, grandes e pesados, saem de seus grandes alvéolos, percorrem os favos, e a aglomeração de seres e coisas chega a ser tal na colmeia demasiado próspera que, ao anoitecer, centenas de trabalhadoras que chegam tarde das flores não encontram onde alojar-se, e são obrigadas a passar a noite na entrada, onde o frio as dizima.

Uma inquietude sacode todo o povoado; a velha rainha se agita. Esta compreende que um novo destino se prepara. Fez religiosamente o que lhe impunha o dever de boa criadora, e do dever cumprido saem agora a tristeza e a tribulação. Uma força invisível ameaça sem repouso; logo vai ser preciso abandonar a cidade em que reina. E sem dúvida, esta cidade é obra sua: é inteiramente ela mesma.

Não é rainha no sentido que entenderíamos entre os homens. Não dá ordens, mas encontra-se submetida, como o último de seus súditos, a esse poder oculto e soberanamente sábio que chamaremos, enquanto procuramos descobrir onde reside, o *espírito da colmeia*. Mas é a mãe e o único órgão do amor de seu povo. Fundou-o na incertidão e na pobreza. Sem cessar, repovoou sua urbe com sua própria substância, e quantos a animam — operárias, zangões, larvas, ninfas e as jovens princesas, cujo próximo nascimento vai precipitar sua partida, e uma das quais já a sucede na mente imortal da espécie — saíram de suas entranhas.

II

O *espírito da colmeia*, onde está? Quem o encarna? Não se parece com o instinto particular do pássaro, que sabe construir seu ninho com habilidade e buscar outros céus quando chega o dia da migração. Tampouco é uma espécie de costume mecânico da espécie, que só aspira cegamente a viver e tropeça com todos os ângulos do azar assim que uma circunstância imprevista desbarata a série dos fenômenos habituais. Ao contrário, segue passo a passo as circunstâncias todo-poderosas, como um escravo inteligente e ágil que sabe tirar partido das ordens mais perigosas de seu amo.

Dispõe sem piedade, mas com discrição, e como que submetido a algum grande dever, das riquezas, do bem-estar, da liberdade, da vida de todo um povo alado. Dispõe, dia a dia, o número dos nascimentos e coloca-o estritamente em relação com o das flores que brilham no campo. Anuncia à rainha seu destronamento ou a necessidade de sua partida; obriga-a a pôr suas rivais no mundo e as cria regiamente; protege-as contra o ódio político de sua mãe; permite ou proíbe, segundo a generosidade dos cálices multicoloridos, a idade da primavera e os prováveis perigos do voo nupcial, que a primogênita das princesas virgens mate em seu berço as suas jovens irmãs que cantam o canto das rainhas. Outras vezes, quando a estação avança e as horas floridas são menos longas para fechar a era das revoluções e adiantar o recomeço do trabalho, ordena às operárias a matança de toda a descendência imperial.

Esse espírito é prudente e econômico, mas não avaro. Conhece, segundo as aparências, as leis faustosas e um tanto loucas da Natureza no tocante ao amor. Assim é que, durante os abundantes dias estivais, tolera — porque a rainha que vai nascer escolherá dentre eles seu amante — a presença embaraçosa de trezentos ou quatrocentos zangões aturdidos, torpes, inutilmente ocupados, presunçosos, total e escandalosamente ociosos, buliçosos, glutões, grosseiros, sujos, insaciáveis, enormes. Mas uma vez fecundada a rainha, numa manhã desses dias em que as flores se abrem mais tarde e se fecham mais cedo, o espírito da colmeia decreta friamente sua degola geral e simultânea.

O mesmo espírito determina qual o trabalho de cada uma das operárias. Segundo sua idade, distribui sua tarefa às nutrizes, que cuidam das larvas e das ninfas; às damas de honra que se ocupam da rainha e não a perdem de vista; às ventiladoras que, batendo as asas, renovam o ar da colmeia e ativam a evaporação do mel, demasiado carregado de água; às arquitetas, pedreiras, cereiras e escultoras que fazem a cadeia e constróem os favos; às coletoras que vão ao campo em busca do néctar das flores, que se converterá em mel, o pólen, que é alimento das larvas e das ninfas, o própolis, que serve para calafetar e consolidar as construções da colmeia, a água e o sal, necessários para a juventude da nação. Impõe sua tarefa às químicas, que asseguram a conservação do mel, instilando nele por meio de seu dardo uma gota de ácido fórmico; às varredeiras, que conservam a limpeza das ruas e praça pública; às necróforas, que levam para longe os cadáveres; às amazonas, que velam noite e dia pela segurança do umbral, interrogam as que vão e vêm, reconhecem as adolescentes em sua primeira saída, espantam os vagabundos, os rondadores, os saqueadores, expulsam os intrusos, atacam em massa aos inimigos temíveis e, se necessário, entrincheiram-se na entrada. Enfim, o espírito da colmeia é o que fixa a hora do grande sacrifício anual ao gênio da espécie — quer dizer, o enxameamento —, em que um povo inteiro, chegando ao pináculo de sua prosperidade e poderio, abandona depressa todas as suas riquezas, palácios, casas e o fruto de seu trabalho às gerações futuras, para ir buscar longe a incerteza e a penúria de uma pátria nova. É um ato que, consciente ou não, supera certamente a moral humana. Arruína, às vezes, e empobrece, semeia, dispersa com segurança a população feliz para obedecer a uma lei mais alta que a felicidade da colmeia. Onde se formula essa lei que, como veremos, dista muito de ser fatal e cega, segundo se crê? Onde, em que assembleia, em que conselho, em que esfera comum reside um espírito a que todos se submetem e que está submetido, por sua vez, a um dever heroico e a uma razão que contempla sempre o porvir?

Sucede com as abelhas o mesmo que com a maior parte das coisas deste mundo. Observamos alguns de seus costumes e dizemos:

fazem isto, trabalham deste modo; suas rainhas nascem assim; suas operárias permanecem virgens; enxameiam em tal época. Cremos conhecê-las e nos damos por satisfeitos.. Observamo-las ir pressurosamente de flor em flor; observamos o agitado movimento da colmeia; essa existência nos parece muito simples e limitada, como as outras, aos cuidados instintivos da comida e da reprodução . Mas se observarmos mais de perto e procurarmos dar-nos conta do que então veremos, apresenta-se nos a complexidade espantosa dos fenômenos mais naturais, o enigma da inteligência, da vontade, dos destinos, do fim, dos meios e das causas, a organização incompreensível do menor ato da vida.

III

Prepara-se, pois, em nossa colmeia o enxameamento, essa grande imolação aos exigentes deuses da raça. Obedecendo à ordem do *espírito*, que nos parece pouco explicável porque é exatamente contrária a todos os instintos e a todos os sentimentos de nossa espécie, 60 ou 70 mil abelhas, das 80 ou 90 mil da população total, vão abandonar na hora prescrita a colmeia materna. Não partirão num momento de angústia, não fugirão, numa resolução súbita e espavorida, de uma pátria devastada pela fome, guerra ou peste. Não; o desterro foi longamente meditado, e a hora favorável, pacientemente esperada. Se a colmeia é pobre, posta à prova pelas desditas da família real, as intempéries, o saqueio, não a abandonam. Não a deixam senão no apogeu de sua felicidade, quando, depois do assíduo trabalho da primavera, o imenso palácio de cera, com suas 120 mil células bem ordenadas, transborda de mel e dessa farinha irisada que chamam de *pão das abelhas* e que serve para alimentar as larvas e as ninfas.

Nunca é tão formosa a colmeia como nas vésperas da renúncia heroica. É a hora sem igual, animada, algo febril, e por certo serena, da abundância e da alegria completas. Vamos imaginá-la não como a veem as abelhas porque não podemos imaginar de que mágica maneira se refletem os fenômenos nas 6 ou 7 mil facetas de seus olhos laterais e no triplo olho ciclópico de sua testa, mas como a veríamos se fôssemos de seu tamanho.

Do alto de uma cúpula mais colossal que a de São Pedro, de Roma, baixam até o chão, verticais, múltiplos e paralelos, gigantescos muros de cera, construções geométricas suspensas nas trevas e no vazio e que, proporcionalmente, pela precisão, ousadia e enormidade, não se podem comparar com nenhuma construção humana. Cada um desses muros, cuja substância é ainda fresca, virginal, prateada, odorífera, está formado de milhares de células e contêm víveres suficientes para alimentar a população inteira durante várias semanas. Aqui se veem manchas brilhantes, vermelhas, amarelas, rosadas e negras do pólen, fermentos de amor de todas as flores da primavera, nos transparentes alvéolos. Ao redor, em longos e faustosos festões de ouro, com pregas rígidas e imóveis, o mel de abril, o mais límpido e perfumado, descansa em seus 20.000 depósitos fechados com um selo que não será violado senão nos dias de suprema penúria. Mais acima, o mel de maio amadurece ainda em suas cubas abertas, à margem das quais vigilantes coortes mantêm uma contínua corrente de ar. No centro, longe da luz cujos diamantinos raios penetram pela única abertura, na parte mais quente da colmeia, dormita e desperta o porvir. É o real domínio dos alvéolos reservados para a rainha e suas acólitas; umas 10 mil moradas onde descansam os ovos, 15 ou 16 mil câmaras ocupadas pelas larvas, 40 mil casas habitadas por ninfas brancas cuidadas por milhares de nutrizes.[1] Por último, no "sanctus santorum" desses limbos, os três, quatro, seis ou doze palácios fechados, proporcionalmente muito grandes, das princesas adolescentes, que esperam sua hora envoltas numa espécie de sudário, imóveis e pálidas, como que alimentadas nas trevas.

IV

No dia prescrito pelo *espírito da colmeia*, uma parte do povo, estritamente determinada segundo leis imutáveis e seguras, cede lugar a essas esperanças ainda informes. Deixam-se na adormecida cidade os machos, dentre os quais será escolhido o amante real. As jovens abelhas que cuidam da ninhada, e uns tantos milhares de operárias que continuarão recolhendo néctar pelos campos remotos,

1. As cifras, rigorosamente exatas, são as de uma colmeia grande em plena atividade.

guardarão o tesouro acumulado e manterão as tradições morais da colmeia. Porque cada colmeia tem sua moral particular. Há as muito virtuosas, como as muito pervertidas, e o apicultor imprudente pode corromper este ou aquele povo, fazê-lo perder o respeito da propriedade alheia, incitá-lo à pilhagem, fazê-lo contrair costumes de conquista e ociosidade, convertê-lo no terror das pequenas repúblicas vizinhas. Basta que a abelha tenha tido ocasião de observar que o trabalho verificado longe do lar, entre as flores do campo, que é preciso viajar às centenas para formar uma gota de mel, não é o único nem o mais rápido meio de enriquecer, e que é mais fácil introduzir-se fraudulentamente nas colmeias mal guardadas, ou, pela força, nas que são demasiado fracas para se defender; logo perde a noção do dever deslumbrador, mas desapiedado, que faz dela a escrava alada das corolas na harmonia nupcial da Natureza, e com frequência é difícil devolver ao bem uma colmeia de tal modo depravada.

V

Tudo indica que não é a rainha, mas o *espírito da colmeia*, quem decide o enxameamento. Acontece com esta rainha o mesmo que com os chefes dos homens: parecem mandar, mas obedecem a ordens mais imperiosas e inexplicáveis que as dadas por eles aos que lhes estão submetidos.

Quando esse *espírito* fixou o momento, é preciso que desde a aurora, quiçá desde a véspera ou desde a antevéspera, tenha dado a conhecer sua resolução, pois apenas o sol tenha bebido as primeiras gotas do orvalho, observa-se em torno do povo zumbidor uma agitação insólita, com respeito à qual raramente se equivoca o apicultor. Dir-se-ia às vezes que há luta, vacilação, retrocesso. Acontece, de fato, que durante vários dias seguidos, o revolutear aumenta e diminui sem razão aparente. Forma-se naquele instante no céu uma nuvem que nós não vemos e que as abelhas veem, ou ergue-se um pesar parecido com o arrependimento em sua inteligência? Discute-se num ruidoso conselho a necessidade da partida? Não o sabemos, como não sabemos de que maneira o *espírito da colmeia* dá a conhecer sua resolução à multidão. Se é verdade que as abelhas se comunicam entre si, ignora-se se o fazem do mesmo modo que os homens. Esse zumbido perfumado de mel, essa embriagada agitação dos belos dias de verão — um dos prazeres mais gratos do criador de abelhas —, esse canto de festa do trabalho que sobe e desce em torno da colmeia na claridade do dia, e que parece o murmúrio de alegria das flores abertas, o hino de sua felicidade, o eco de seus suaves aromas, a voz dos cravos brancos, do tomilho, do orégano, não é seguro que elas ouçam. Têm, é certo, toda uma gama de sons que nós mesmo discernimos, que vai da felicidade profunda à ameaça, à cólera, à angústia; têm a ode da rainha, os estribilhos da abundância, os salmos da dor; têm, enfim, os longos e misteriosos gritos de guerra das princesas adolescentes nos combates e matanças que precedem ao voo nupcial. É uma música casual que não altera seu silêncio ulterior? O certo é que não fazem caso dos ruídos que levantamos em torno da colmeia; mas supõem talvez que estes ruídos não sejam de seu mundo e não têm nenhum interesse para elas. É verossímil que nós não ouçamos mais que uma mínima parte do que dizem, que emitam uma multidão de harmonias que nossos órgãos não podem perceber. Em todo caso, mais adiante veremos que se entendem e se harmonizam com rapidez às vezes prodigiosa, e quando, por exemplo, o grande ladrão de mel, a enorme esfinge Átropos, a mariposa sinistra que leva uma caveira desenhada nas costas, penetra na colmeia murmurando uma espécie de encantamento irresistível que lhe é próprio, a notícia circula de uma abelha a outra, das guardas da entrada até as últimas operárias que ali trabalham, nos últimos favos, todo o povo se comove.

VI

Acreditou-se durante muito tempo que, ao abandonar os tesouros de seu reino para lançar-se assim à vida incerta, as sábias abelhas, habitualmente tão econômicas, tão sóbrias, tão previdentes, obedeciam a uma espécie de loucura fatal, a um impulso mecânico, a uma lei da espécie, a um decreto da Natureza, a essa força que para todos os seres se encontra no tempo que transcorre.

Quer se trate da abelha, quanto de nós, chamamos fatal a tudo que não compreendemos. Mas a colmeia já revelou dois ou três de seus segredos materiais; observou-se que o êxodo não é instintivo, nem inevitável. Não é uma emigração cega, mas um sacrifício que parece calculado da geração presente para a futura. Basta que o apicultor destrua as jovens rainhas ainda inertes em suas células, e ao mesmo tempo, se as larvas e as ninfas são numerosas, que aumente os armazéns e os dormitórios da nação, para que imediatamente todo o tumulto improdutivo caia como as gotas de ouro de uma chuva obediente, o trabalho habitual se estenda sobre as flores e volte a ser indispensável. Não esperando ou já não tendo sucessora, tranquilizada com respeito ao futuro da atividade que vai nascer, a velha rainha renuncia a ver, por aquele ano, a luz do sol. Reata tranquilamente na escuridão sua tarefa materna, que consiste em pôr, seguindo uma espiral metódica, de célula em célula, sem omitir uma só, sem deter-se jamais, dois ou três mil ovos cada dia.

Que há de fatal nisso, senão o amor da geração de hoje pela de amanhã? Esta fatalidade existe também na espécie humana, mas sua força e extensão são menores. Nunca produz esses grandes sacrifícios totais e unânimes. A que fatalidade provisora obedecemos que substitua aquela? Ignoramos qual seja e não conhecemos o ser que nos contempla como nós contemplamos às abelhas.

VII

Mas se o homem não transtorna a história da colmeia que escolhemos, o ardor ainda banhado de orvalho de um belo dia que avança a passos calmos e já radiantes por entre as árvores adianta a hora da partida. De um a outro extremo dos dourados corredores que separam os muros paralelos, as operárias terminam os preparativos da viagem. Cada uma delas se encarrega de uma provisão de mel suficiente para cinco ou seis dias. Desse mel que levam derivarão, por processos químicos que ainda ninguém explicou claramente, a cera necessária para começar imediatamente a construção dos edifícios. Provêm-se, ademais, de certa quantidade de própolis, espécie de resina destinada a fixar tudo que oscila, a envernizar todas as paredes, a excluir do interior toda luz, pois lhes agrada trabalhar em obscuridade quase completa, na qual se guiam por meio de seus olhos facetados ou talvez por meio de suas antenas, nas quais se supõe residir um sentido desconhecido que apalpa e mede as trevas.

VIII

Sabem, pois, prever as aventuras do dia mais perigoso de sua existência. Neste dia, atentas aos cuidados e aos azares talvez prodigiosos do grande ato, não terão tempo de visitar os jardins nem os prados, e é possível que amanhã e depois de amanhã faça vento ou chuva, que gelem suas asas e não se abram as flores. Sem essa provisão, a fome e a morte as esperaria. Ninguém as acudiria, e elas não implorariam socorro a ninguém. De colmeia a colmeia não se conhecem, nem se ajudam jamais. Até acontece de o apicultor instalar sua colmeia no ponto em que recolheu a velha rainha e o cacho de abelhas que a rodeia ao lado da morada que acabam de abandonar. Seja qual for o desastre que sofram, parece que esqueceram completamente a tranquilidade, a felicidade laboriosa, as enormes riquezas e a segurança de sua antiga urbe, e todas, uma depois da outra, até a última, morrerão de frio e de fome em torno de sua infeliz soberana, antes de voltar à casa natal, cujo bom odor de abundância, que não é mais que o aroma de seu trabalho passado, apague sua miséria.

IX

Eis aqui algo que os homens não fariam; eis aqui um desses fatos que provam que, apesar das maravilhas dessas organização, não há nelas nem inteligência nem consciência verdadeiras. Que sabemos nós? Além do que é bem admissível que haja em outros seres uma inteligência de outra natureza que não a nossa e que produza efeitos muito diferentes, sem serem inferiores. Seremos, por acaso, sem sairmos de nossa pequena província humana, tão bons juízes das coisas do espírito? Basta que vejamos duas ou três pessoas falando e agitando-se atrás de uma janela, sem ouvir o que dizem, para que nos seja difícil adivinhar a ideia que transmitem. Acreditais que um habitante de Marte ou de Vênus que, do alto de uma montanha, visse o ir e vir nas ruas e praças públicas de nossas cidades, os pontinhos pretos que somos quando vistos no espaço, formaria, ao espetáculo de nossos movimentos, de nossos edifícios, de nossos canais, de nossas máquinas, uma ideia exata de nossa inteligência, de nossa moral, de nossa maneira de amar, pensar e esperar; em uma palavra: do ser íntimo e real que somos? Ficaria limitado a testemunhar alguns efeitos bastante surpreendentes, como fazem com a colmeia, e provavelmente derivariam deles conclusões tão incertas, tão errôneas quanto as nossas.

Em todo caso, custaria muito descobrir em "nossos pontinhos pretos" a grande direção moral, o admirável sentimento unânime que se manifesta na colmeia. "Aonde vão? — indagaria depois de ter observado durante anos e séculos. — Que fazem? Qual é o ponto central e o fim de sua vida? Obedecem a algum deus? Não vejo nada que guie seus passos. Um dia parecem edificar e reunir pequenas coisas e, no outro, as destróem e esparramam. Vão e voltam, reúnem-se e se dispersam, mas não se sabe o que querem. Oferecem numerosos espetáculos inexplicáveis. Há por exemplo aqueles em que, por assim dizer, não se observa nenhum movimento. São conhecidos pela pelagem mais lustrosa. Amiúde são também mais volumosos que os demais. Ocupam casas dez ou vinte vezes maiores, engenhosamente adornadas e mais ricas que as ordinárias. Ali fazem diariamente refeições que se prolongam durante horas e às vezes até tarde da noite. Todos os que os rodeiam parecem prestar-lhes honrarias, e portadores de víveres saem das casas vizinhas e até vêm de longe, no campo, para fazer-lhes presentes. É de crer que são indispensáveis e prestam à espécie serviços essenciais, mesmo que nossos meios de investigação não nos tenham permitido ainda reconhecer com exatidão a natureza de seus serviços. Veem-se outros, pelo contrário, que, em grandes choças cheias de rodas que dão voltas, em cubículos obscuros, em torno aos portos e pedacinhos de terra que revolvem da aurora ao pôr-do-sol, não cessam de agitar-se penosamente. Tudo nos leva a crer que esta agitação é condenável, pois são alojados em cabanas estreitas, sujas e desmanteladas. Acham-se cobertos de uma substância incolor. Tal parece ser seu ardor em sua obra nociva, ou ao menos inútil, que mal têm tempo de dormir e comer. Seu número está para os primeiros como de mil para um. É notável que a espécie tenha podido manter-se até nossos dias em condições tão desfavoráveis para seu desenvolvimento. Ademais, convém acrescentar que, à parte essa obstinação característica em suas penosas agitações, parecem inofensivos e dóceis e se contentam com os restos dos que são evidentemente os guardiães e, quem sabe, os salvadores da raça".

X

Não é assombroso que a colmeia que vemos assim, confusamente, do alto de outro mundo, nos dê, à primeira vista, uma resposta segura e profunda? Não é admirável que seus edifícios cheios de firmeza, seus costumes, suas leis, sua organização econômica e política, suas virtudes e até suas crueldades nos informem imediatamente o pensamento ou o deus a quem as abelhas servem, e que não é o deus menos legítimo nem o menos razoável que se pode conceber, mesmo que possa ser o único a quem não adoramos ebriamente, ou seja: o futuro? Às vezes, em nossa história humana, tratamos de avaliar a força e a grandeza moral de um povo ou de uma raça e não encontramos medida melhor que a persistência e a amplitude do ideal que perseguem e a abnegação com que se consagram a ele. Encontramos alguma vez um ideal, mais desinteressado, mais manifesto, e uma abnegação mais total e mais heroica?

XI

Estranha, pequena república, tão lógica e tão grave, tão positiva, tão minuciosa, tão econômica e, sem dúvida, vítima de um sonho tão vasto e tão precário! Pequeno povo, tão resoluto e tão profundo, nutrido de calor e luz, do mais puro que há na Natureza: a alma das flores, quer dizer, o sorriso mais evidente da matéria e seu esforço mais comovedor rumo à felicidade e à beleza. Quem nos dirá os problemas que resolveu e que a nós falta resolver, as certezas que adquiriu e que nos faltam? E se é verdade que resolveu estes problemas e adquiriu estas verdades, não por meio da inteligência, mas em virtude de algum impulso primitivo e cego, a que enigma mais insolúvel ainda nos empurra? Pequena cidade cheia de fé, de esperanças, de mistérios, por que as cem mil virgens aceitam uma tarefa que nenhum escravo humano aceitou jamais? Economizando suas forças, um pouco menos esquecidas de si mesmas, um pouco menos ardentes no trabalho, veriam outra primavera e um segundo estio. Mas no magnífico momento em que todas as flores as chamam, parecem possuídas da embriaguez mortal do trabalho e, rotas as asas, o corpo reduzido a nada e coberto de feridas, perecem quase todas em menos de cinco semanas.

Tantus amor florum, et generandi gloria mellis, exclama Virgílio que nos transmitiu no quarto livro das *Geórgicas*, consagrado às abelhas, os deliciosos erros dos antigos, que observavam a Natureza com os olhos ainda deslumbrados pela presença de deuses imaginários.

XII

Por que renunciam ao sonho, às delícias do mel, ao amor, aos adoráveis ócios que conhece, por exemplo, sua irmã alada, a mariposa? Não poderiam viver como ela? Não as aflige a fome. Duas ou três flores bastam para alimentá-las e visitam duzentas ou trezentas por hora para acumular um tesouro cujas doçuras não provarão. Para que tanto trabalho, de onde vem tanta segurança? Será que a geração pela qual irão morrer merece tamanhos sacrifícios, que serão mais belas e mais felizes, que farão algo que vocês mesmas não tenham feito? Vemos seu fim, tão claro quanto o nosso: querem viver em sua descendência tanto quanto a própria Terra. Mas qual é a finalidade desse grande objetivo, a missão dessa existência eternamente renovada?

Mas não seremos antes nós os que se atormentam na dúvida e no terror, que somos sonhadores pueris e nos fazemos perguntas inúteis? Mesmo que, de evolução em evolução, tivessem chegado a ser onipotentes e muito felizes; que houvessem chegado às últimas alturas de onde dominassem as leis da Natureza; ainda que fossem, enfim, deusas imortais, ainda interrogaríamos e perguntaríamos o que esperam, aonde querem ir, onde contam deter-se e declararem-se sem mais desejos. Somos de tal natureza que nada nos satisfaz, que nada nos parece ter seu fim em si mesmo, que nada nos parece existir simplesmente, sem segundas intenções. Conseguimos imaginar até hoje um só de nossos deuses, do mais grosseiro ao mais razoável, sem fazê-lo agitar-se imediatamente, sem obrigá-lo a criar multidão de seres e coisas, a buscar mil fins fora de si mesmo, e não nos resignaremos jamais a representar calmamente e pelo espaço de algumas horas uma forma interessante da atividade da matéria, para voltar em seguida, sem pesares nem assombro, à outra forma, a inconsciente, a desconhecida, a adormecida, a eterna?

XIII

Mas não nos esqueçamos de nossa colmeia, onde o enxame perde a paciência; nossa colmeia que ferve e transborda de ondas negras e vibrantes, como um vaso sonoro debaixo do ardor do sol. É meio-dia, e devido ao calor reinante, as árvores reunidas retêm todas as suas folhas, como se retém a respiração em presença de uma coisa muito suave e muito grave. As abelhas dão o mel e a cera perfumada ao homem que cuida delas, mas o que talvez valha mais que o mel e a cera é que chamam sua atenção sobre a alegria de junho, é que o fazem saborear a harmonia dos meses mais formosos, é que todos os acontecimentos em que intervêm estão relacionados com os céus puros, com a festa das flores, com as horas mais felizes do ano. São a alma do estio, o relógio dos minutos de abundância, a asa diligente dos perfumes que voam, a inteligência dos raios de luz que se juntam, o murmúrio das claridades que vibram, o canto da atmosfera que descansa, e seu voo é o sinal visível, a nota convicta e musical das pequenas alegrias inumeráveis que nascem do calor e vivem da luz. Fazem compreender a voz mais íntima das boas horas naturais. Para o que as conhece, para o que as ama, para o que delas desfrutou, um verão sem abelhas parece tão desgraçado e imperfeito quanto se carecesse de pássaros e flores.

XIV

Quem assiste pela primeira vez a esse episódio ensurdecedor e desordenado do enxameamento de uma colmeia bem povoada se encontra bastante desconcertado e não se aproxima sem temor. Não reconhece as sérias e pacíficas abelhas das horas laboriosas. Chegaram momentos antes de todos os lados da campina, preocupadas como pequenas donas-de-casa, às quais nada é capaz de distrair de seus afazeres domésticos. Entraram quase desapercebidas, extenuadas, sem fôlego, pressurosas, agitadas, mas discretas, saudadas de passagem pelas jovens amazonas do vestíbulo por um ligeiro sinal das antenas. Em suma, trocaram três ou quatro palavras, provavelmente indispensáveis, ao entregar apressadamente sua colheita de mel às carregadoras adolescentes que estacionam sempre no pátio interno da fábrica, ou foram depositar por si mesmas, nos vastos celeiros que rodeiam a ninhada, as duas pesadas cestas de pólen que levam penduradas nas pernas, para partir imediatamente depois, sem fazer caso do que se passa nas oficinas, no dormitório das ninfas ou no palácio real, sem misturar-se, sequer um momento, ao barulho da praça pública que se estende à frente do umbral e enchida, nas horas de maior calor, pela multidão de ventiladoras conversadeiras.

XV

Hoje, tudo mudou. É certo que determinado número de operárias com todo vagar, como se nada estivesse acontecendo, vão aos campos e voltam, limpam a colmeia, sobem às câmaras da ninhada, sem deixar-se contagiar pela embriaguez geral. São as que não acompanharão a rainha e ficarão na velha casa para guardá-la, para aninhar e alimentar os 9 ou 10.000 ovos, as 18.000 larvas, as 36.000 ninfas e as 7 ou 8 princesas que serão abandonadas. São escolhidas para esse dever austero, sem que se saiba em virtude de que regras, nem por quem, nem como. Mostram-se calmas e inflexivelmente fiéis a essa missão. Mesmo tendo repetido muitas vezes a experiência, pulverizando com matéria corante algumas dessas *cinzentas* resignadas, fáceis de reconhecer por seu porte sério e algo pesado, raramente encontrei alguma em meio à embriagada multidão do enxame.

XVI

Com efeito, a atração parece irresistível. É o delírio do sacrifício, talvez inconsciente, ordenado pelo deus; é a festa do mel, a vitória da raça e do futuro; é o único dia de regozijo, de esquecimento e de loucura; é o único domingo das abelhas. Também parece ser o único dia em que comem até saciar-se e, conhecem plenamente a doçura do tesouro que reúnem. Parecem prisioneiras libertas e subitamente transportadas a uma terra de exuberância e extroversão. Transbordam de júbilo e não são senhoras de si mesmas. Elas, que nunca fazem um movimento impreciso ou inútil, vão e vêm; saem, entram e voltam a sair para excitar suas irmãs, ver se a rainha está pronta, atordoam sua espera. Voam muito mais alto que de costume fazem vibrar em torno da colmeia as folhas das grandes árvores. Não têm temores nem cuidados. Não são mais ariscas, meticulosas, receosas, irritáveis, agressivas, indomáveis. O homem, o amo ignorado, a quem nunca reconheceram e que não as conseguiu domar senão dobrando-se a todos os seus hábitos de trabalho, respeitando todas as suas leis, seguindo passo a passo o sulco que sua inteligência traça na vida sempre para o bem do amanhã, e que ninguém perturba nem desvia de seu fim; o homem pode aproximar-se delas, rasgar a cortina dourada e fraca que formam em torno dele seus zumbidores torvelinhos, colhê-las na mão, como um cacho de frutas. Hoje são tão mansas, tão inofensivas quanto uma nuvem de libélulas ou borboletas, e neste dia, ditosas, sem possuir nada, confiantes no porvir, desde que não sejam separadas de sua rainha, que carrega em si este porvir, se submetem a tudo e não se queixam de nada.

XVII

Mas ainda não se dera o verdadeiro sinal. Na colmeia reina uma agitação inconcebível e uma desordem cujo pensamento não se pode descobrir. Em tempo normal, uma vez em sua casa, as abelhas esquecem que têm asas e cada qual permanece quase imóvel, mas não inativa, nos favos, no posto que lhe é designado para seu gênero de trabalho. Agora, frenéticas, movem-se em círculos compactos de cima a baixo nas paredes verticais, como uma massa vibrante movida por mão invisível. A temperatura interna se eleva rapidamente, a tal ponto, às vezes, que a cera das construções amolece e deforma. A rainha, que habitualmente nunca se afasta dos favos do centro, percorre distraída, vacilante, a superfície da multidão veemente que volteia sobre si mesma. Será para apressar a partida ou atrasá-la? Ordena ou implora? Propaga a emoção prodigiosa ou a sofre? Parece bastante evidente, segundo o que sabemos da psicologia geral da abelha, que o enxameamento se faz sempre contra a vontade da velha soberana. No fundo, a rainha é, aos olhos de suas filhas, as céticas operárias, o órgão do amor, indispensável e sagrado, mas algo inconsciente e, muitas vezes, pueril. Por isso tratam-na como uma mãe sob tutela. Têm por ela respeito, ternura heroica e sem limites. Está-lhe reservado o mel mais puro, especialmente destilado e quase inteiramente assimilável. Tem uma escolta de satélites, ou de lictores (segundo a expressão de Plínio), que vela por ela dia e noite, facilita seu trabalho maternal, prepara as células onde deve pôr seus ovos, cuida, acaricia, alimenta, lava, até absorve seus excrementos. Ao menor acidente que sofre, a notícia repercute de abelha em abelha e o povo se agita e aumenta. Se é retirada da colmeia e as abelhas não podem esperar substituí-la, quer por não ter deixado descendência predestinada, quer por não haver larvas de operárias de menos de três dias (porque toda larva de operária de menos de três dias pode, graças a um alimento particular, ser transformada em ninfa real e este é o grande princípio democrático da colmeia, que compensa as prerrogativas da predestinação materna), se, em tais circunstâncias, é colhida, presa e levada longe de sua casa, uma vez notada sua perda — às vezes transcorrem 2 ou 3 horas antes que todos tenham notícia dela, tão vasta é a cidade —, o trabalho cessa em toda parte. Os pequeninos são abandonados; parte da população vai errante de um lado para outro em demanda de sua mãe; outra sai em sua busca; as grinaldas de operárias ocupadas em construir os favos se rompem e se desagregam; as coletoras não mais visitam as flores; as guardas da entrada abandonam seu posto e as saqueadoras estranhas, todos os parasitas do mel, perpetuamente atentos a uma boa ocasião, entram e saem livremente sem que a ninguém ocorra defender o tesouro trabalhosamente acumulado. Pouco a pouco, a cidade se empobrece e despovoa, e seus habitantes, desalentados, não tardam a morrer de tristeza e miséria, mesmo que todas as flores do verão se abram ante elas.

Mas se sua soberana é restituída antes que sua perda seja um fato consumado e irremediável, antes que a desmoralização seja demasiado profunda (as abelhas são como homens: uma desgraça e um desespero prolongado destróem sua inteligência e degradam seu caráter), se restituída algumas horas depois, a acolhida que lhe fazem é extraordinária e comovedora. Todas se agrupam em volta dela, sobem umas sobre as outras, acariciam-na à medida que passa, com suas longas antenas que contêm tantos órgãos ainda inexplicados; oferecem-lhe mel, escoltam-na em alvoroço até as câmaras reais. Em seguida, se restabelece a ordem; o trabalho é reencetado desde os favos centrais até os mais distantes, onde se acumula o excesso da colheita; as coletoras saem em filas negras e regressam às vezes dois ou três minutos depois, carregadas de néctar e pólen; os saqueadores e os parasitas são expulsos ou mortos, varridas as ruas, enquanto ressoa doce e monotonamente na colmeia esse canto feliz e tão particular que é o canto íntimo da presença real.

XVIII

Temos mil exemplos desse apego, dessa abnegação absoluta das operárias por sua soberana. Em todas as catástrofes da pequena república — a queda da colmeia ou dos favos, a brutalidade ou a ignorância do homem, o frio, a fome, as enfermidades —, se o povo perece em massa, quase sempre se salva a rainha e ela é encontrada viva sob os cadáveres de suas fiéis filhas. Todas a protegem, facilitam sua fuga, a defendem e abrigam com seu corpo, reservam-lhe a comida mais sadia e as últimas gotas de mel. E enquanto viver, qualquer que seja o desastre, o desalento não entra na cidade das "castas bebedoras de orvalho". Rompei vinte vezes seguidas os favos, arrebatai vinte vezes seus filhos e seus víveres, e não chegareis a fazê-las duvidar do futuro; dizimadas, famintas, reduzidas a uma pequena tropa que mal pode ocultar sua mãe ao inimigo, reorganizarão os alojamentos da colônia, atenderão ao mais urgente, compartilharão de novo sua tarefa segundo as necessidades anormais do momento infeliz e retomarão imediatamente o trabalho com uma paciência, um ardor, uma inteligência e uma tenacidade que nem sempre se encontraram em tão alto grau na Natureza, apesar de que a maior parte dos seres mostram mais valor e confiança neles que o homem.

A fim de afastar o desânimo e manter seu amor, nem sequer é preciso que a rainha esteja presente; basta que tenha deixado, na hora de sua morte ou de sua partida, a mais frágil esperança de descendência. "Já vimos — diz o venerável Langstroth, um dos pais da apicultura moderna — uma colônia que não tinha abelhas suficientes para cobrir um favo de 10 cm^2 tratando de criar uma rainha. Durante duas semanas inteiras conservaram a esperança de consegui-lo; ao final, quando seu número estava reduzido à metade, nasceu sua rainha, mas tinha as asas tão imperfeitas que não pôde voar. Mesmo impotente, não foi por isso que as abelhas trataram-na com menos respeito. Uma semana depois não restava mais que uma dúzia de abelhas; finalmente, poucos dias mais tarde, a rainha tinha desaparecido, deixando nos favos algumas infelizes inconsoláveis."

XIX

Eis uma circunstância, entre outras, nascida das inauditas provas que nossa intervenção recente e tirânica impõe às infortunadas e firmes heroínas, na qual se observa ao vivo o último gesto de amor filial e abnegação. Mais de uma vez, como todo aficionado das abelhas, fiz vir da Itália rainhas fecundadas, pois a raça italiana é melhor, mais robusta, mais prolífica, mais ativa e mansa que a nossa. Estas remessas se fazem em caixinhas providas de pequenos furos. Coloca-se na caixa, com algum alimento, a rainha acompanhada de certo número de operárias, escolhidas, se possível, entre as mais velhas (a idade das abelhas é conhecida com facilidade, por terem o corpo mais liso, delgado, quase calvo, e sobretudo as asas gastas e rasgadas pelo trabalho), para alimentá-la, cuidar e velar por ela durante a viagem. Com frequência, à chegada, a maior parte das operárias já morreu. Uma vez, todas tinham morrido de fome, mas, neste caso, como nos outros, a rainha se achava intacta e vigorosa; a última de suas companheiras provavelmente tinha perecido oferecendo à sua soberana, símbolo de uma vida mais preciosa e mais vasta que a sua, a última gota de mel que tinha de reserva no fundo de seu papo.

XX

Tendo observado esse afeto tão constante, o homem soube utilizar o admirável sentido político, o ardor no trabalho, a perseverança, a magnanimidade, a paixão pelo futuro que se desprende da abelha, ou que nela se encerra. Graças a isto, conseguiu, há alguns anos, domesticar, até certo ponto e sem que se deem conta, as terríveis guerreiras, pois não cedem a nenhuma força estranha, e, em sua inconsciente servidão, unicamente servem às suas próprias leis escravizadas. Tendo a rainha, tem na mão a alma e os destinos da colmeia. Segundo a maneira como se serve e até brinca com ela, por assim dizer, provoca, por exemplo, e multiplica, impede ou restringe o enxameamento, reúne ou divide as colônias, dirige a emigração dos reinos. Não é menos certo que a rainha não é, no fundo, mais que uma espécie de símbolo vivo que, como todos os símbolos, representa um princípio menos visível e mais vasto, que convém ao apicultor ter em conta se não quiser expor-se a mais de uma decepção. Ademais, as abelhas não se equivocam e não perdem de vista, através de sua rainha visível e efêmera, sua verdadeira soberana imaterial e permanente: sua ideia fixa. Se essa ideia é consciente ou não, não importa senão no caso em que queiramos admirar mais especialmente as abelhas, que a têm, ou a Natureza, que a pôs nelas. Onde quer que se encontre, nesses pequenos corpos tão frágeis ou no grande corpo incognoscível, é digna de nossa atenção. E, diga-se de passagem, se cuidássemos de não subordinar nossa admiração a tantas circunstâncias de lugar ou de origem, não perderíamos com tanta frequência a ocasião de abrir os olhos com assombro, e nada há de tão saudável.

XXI

Dirão que isso tudo é conjectura arriscada e demasiado humana; que as abelhas não têm, provavelmente, nenhuma ideia desse tipo e que a noção do futuro, do amor à raça e tantas outras que lhes atribuímos não são no fundo senão as formas que assumem para elas a necessidade de viver, o temor ao sofrimento e à morte e o atrativo do prazer. Aceito. Tudo isto, se se quiser, não é mais que uma maneira de falar; por isso é que eu não lhe dou grande importância. A única coisa certa aqui, como em tudo o que sabemos, é a prova de que, nesta ou naquela circunstância, as abelhas se comportam com sua rainha desta ou daquela maneira.

O mais é um mistério em torno do qual se podem fazer unicamente conjecturas mais ou menos agradáveis, mais ou menos engenhosas. Mas se falássemos dos homens, da maneira que seria prudente falar das abelhas, teríamos direito a dizer muita coisa mais? Também não fazemos mais que obedecer às necessidades, ao atrativo do prazer ou ao horror ao sofrimento, e o que chamamos de nossa inteligência tem a mesma origem e a mesma missão do que denominamos instinto nos animais. Realizamos certos atos, cujos efeitos cremos conhecer; sofrimentos outros, cujas causas nos jactamos de penetrar melhor que eles. Mas além de que esta suposição não descansa sobre nada de firme, tais atos são mínimos e raros comparados com a enorme multidão dos demais, e todos, os mais conhecidos e os mais ignorados, os mínimos e os mais grandiosos, os mais próximos e os mais remotos, se realizam nas trevas de uma noite profunda, na qual é provável que sejamos tão cegos quanto supomos as abelhas.

XXII

"Deve-se convir — diz Buffon, que mostra contra as abelhas um rancor bastante gracioso — que, tomando essas moscas uma por uma, têm menos engenho que o cão, o macaco e a maioria dos animais; também têm menos docilidade, menos apego, menos sentimentos; em suma: menos qualidades, em relação às nossas; por conseguinte, deve-se convir que sua inteligência aparente não provém mais que de sua multidão reunida; claro que mesmo esta reunião não supõe nenhuma inteligência, posto que não se reúnem com fins morais, mas se encontram juntas sem seu consentimento. Esta sociedade não é, pois, outra coisa que uma reunião física, ordenada pela Natureza e independente de todo conhecimento, de todo raciocínio. A mãe abelha produz de uma vez 10.000 indivíduos no mesmo ponto; estes 10.000 indivíduos, mesmo que sejam mil vezes mais estúpidos do que eu suponho, serão obrigados, só para continuar existindo, a arranjar-se de algum modo; como uns e outros trabalham com força iguais, mesmo que tivessem começado a prejudicar-se, à força de fazê-lo, logo chegarão a prejudicar-se o mínimo possível, quer dizer, ajudar-se mutuamente; parecerão, pois, entender-se e concorrer para um mesmo fim; o observador logo lhes atribuirá objetivos e o espírito que lhes falta; quererá explicar cada ação; cada movimento logo terá seu motivo e daí sairão maravilhas ou monstros de raciocínios sem número; porque esses 10.000 indivíduos produzidos de uma vez só, que viveram juntos, que se metamorfosearam quase ao mesmo tempo, não podem deixar de fazer todos a mesma coisa e, por pouco sentimento que tenham, de contrair costumes comuns, de arranjar-se, de se sentirem bem juntos, de ocupar-se de sua casa, de voltar a ela depois de se afastar etc., e daí a arquitetura, e geometria, a ordem, a previsão, o amor à pátria, a república, enfim, tudo fundado, como se vê, na admiração do observador".

Eis aqui uma maneira completamente contrária de explicar as abelhas. De início pode parecer mais natural, mas não será, no fundo, pela simples razão que não explica quase nada? Mesmo ignorando-se os erros materiais dessa página, esta concordância e este respeito mútuos, adaptados às necessidades da vida comum, não supõe certa inteligência, que parecerá tanto mais notável quanto mais de perto se examine, de que modo esses "10.000 indivíduos" evitam o prejudicar-se e chegam a ajudar-se mutuamente? Não é também nossa própria história? Que diz o velho naturalista irritado que não se aplique exatamente a nossas sociedades humanas? Nosso saber, nossas virtudes, nossa política, amargos frutos da necessidade que nossa imaginação dourou, não têm senão o fim de utilizar nosso egoísmo e converter em bem comum a atividade naturalmente prejudicial de cada indivíduo. Ademais, repetimos, se supomos que as abelhas não têm nenhuma ideia nem nenhum dos sentimentos que lhes atribuímos, que nos importa o lugar de nosso assombro? Se cremos que é imprudente admirar as abelhas, admiraremos a Natureza, e sempre chegará um momento em que não se poderá nos arrancar a admiração, e não perderemos nada por ter retrocedido e esperado.

XXIII

Seja como for, e para não abandonar nossa conjectura que tem ao menos a vantagem de coordenar em nosso espírito certos atos evidentemente coordenados na realidade, as abelhas adoram em sua rainha não tanto a rainha em si como o futuro infinito de sua raça. As abelhas não são muito sentimentais, quando uma volta do trabalho tão gravemente ferida que julgam que ela não poderá mais prestar nenhum serviço, a expulsam desapiedadamente. Porém, não se pode dizer que sejam de todo incapazes de certo apego pessoal à sua mãe. Reconhecem-na, dentre todas. Mesmo que seja velha, miserável, aleijada, as guardas da porta não permitirão jamais que uma rainha desconhecida, por mais jovem, bela e fecunda que pareça, penetre na colmeia. É certo que este é um dos princípios fundamentais de sua polícia, quebrado, às vezes, só nas épocas de grande colheita de mel em favor de alguma operária estranha, bem carregada de víveres.

Quando a rainha fica completamente estéril, substituem-na criando um certo número de princesas reais. Mas, que fazem da velha soberana? Não se sabe exatamente. Aos apicultores sucedeu, às vezes, encontrar sobre os favos de uma colmeia uma rainha magnífica e na flor da idade, e no fundo, num canto escuro, a antiga *senhora*, como a chamam na Normandia, fraca e tolhida. Parece que neste caso decidiram protegê-la até o fim contra o ódio de sua vigorosa rival, que só deseja sua morte, pois as rainha têm entre si um horror invencível, que faz com que se precipitem umas contra as outras assim que se encontram sob o mesmo teto. É de acreditar que assegurem assim para a mais velha uma espécie de retiro humilde e tranquilo, onde termine seus dias. Achamo-nos em presença de um dos mil inimigos do reino da cera, e temos ocasião de comprovar, uma vez mais, que a política e os costumes das abelhas não são fatais e estreitos, que obedecem a razões mais complicadas que aquelas que cremos conhecer.

XXIV

Mas transgredimos a cada instante as leis da Natureza que mais firmes devem parecer a elas. Diariamente as colocamos na situação em que nós mesmos nos encontraríamos se alguém suprimisse de maneira brusca à nossa volta as leis da gravidade, do espaço, da luz ou da morte. Que farão, pois, se introduzirmos à força, ou fraudulentamente, uma segunda rainha na colmeia? No estado natural, este caso, graças às sentinelas da entrada, talvez nunca tenha ocorrido. Não se desconcertam e sabem conciliar da melhor maneira possível, numa conjuntura tão prodigiosa, dois princípios que respiram como ordens divinas. O primeiro é o da maternidade única, que nunca se quebra, exceto em caso de esterilidade da rainha. O segundo é ainda mais curioso, mas, se não se pode infringi-lo, é possível ao menos que seja evitado judaicamente, por assim dizer. Este princípio se reveste de uma espécie de inviolabilidade de toda rainha, qualquer que seja. Seria fácil para as abelhas cravar na intrusa mil dardos venenosos; morreria no ato e não teriam senão que arrastar seu cadáver para fora da colmeia. Mas mesmo que tenham sempre o aguilhão pronto e sirvam-se dele a cada instante para combater entre si, para matar os zangões, os inimigos ou os parasitas, "não o dirigem nunca contra uma rainha", do mesmo modo que esta nunca aponta o seu contra o homem, contra nenhum animal ou uma abelha ordinária; e sua arma real, que em vez de ser reta como a das operárias é curva, em forma de cimitarra, não a desembainha senão quando combate de igual para igual com outra rainha.

Como nenhuma abelha, ao que parece, se atreve a assumir o horror de um regicídio direto e sangrento, em todas as circunstâncias que a boa ordem e a prosperidade da república exigem que uma rainha pereça, procuram dar à sua morte a aparência de natural; subdividem o crime ao infinito, de modo que resulta anônimo.

Então *embalam* a soberana estranha, segundo a expressão técnica dos apicultores, o que significa que a rodeiam por inteiro em seus inumeráveis corpos entrelaçados. Formam assim uma espécie de prisão viva em que a prisioneira não pode mover-se, e que mantêm durante vinte e quatro horas, se preciso, até que morra de fome ou asfixia.

Se a rainha legítima se aproxima naquele momento e, adivinhando uma rival, parece disposta a atacá-la, as paredes vivas da prisão logo se abrem. As abelhas formam um círculo em torno das duas inimigas e, atentas, mas imparciais, assistem ao combate singular, sem tomar parte nele, pois só uma mãe pode sacar o aguilhão contra outra; só a que leva em suas entranha cerca de um milhão de vidas parece ter direito a provocar, de um só golpe, cerca de um milhão de mortes.

Mas se o choque se prolonga sem resultados, se os dois aguilhões curvos resvalam inutilmente sobre as pesadas couraças córneas (chamadas quitina), a rainha que tentar fugir, seja a legítima, seja a estranha, será detida e novamente coberta pelo cárcere vivo até que volte a manifestar intenção de recomeçar a luta. Note-se que, nas numerosas experiências feitas sobre este particular, se viu quase invariavelmente a rainha reinante alcançar a vitória; quer porque, sentindo-se em sua casa, em meio aos seus, tenha mais audácia e ardor que a outra, ou porque as abelhas, se bem que sejam imparciais no momento do combate, o sejam menos na maneira de aprisionar as duas rivais, pois sua mãe não parece sofrer muito em consequência de seu aprisionamento, ao passo que a estranha sai quase sempre visivelmente ferida.

XXV

Uma experiência fácil demonstra melhor que nenhuma outra que as abelhas reconheceram sua rainha e têm por ela verdadeiro apego. Removendo a rainha de uma colmeia, veremos produzir-se de imediato os fenômenos de angústia e transtorno descritos em capítulo precedente. Devolvendo, ao cabo de algumas horas, a mesma rainha, todas as suas filhas virão ao seu encontro oferecendo-lhe mel. Umas formarão alas à sua passagem; outras, de cabeça para baixo e abdômen para cima, formarão perante ela grandes semicírculos imóveis e sonoros em que cantam, certamente, o hino do feliz regresso, assinalando, ao que parece, em seus ritos reais, o respeito solene ou a felicidade suprema.

Mas não espere enganá-las substituindo a rainha legítima por uma estranha. Mal tenha dado alguns passos na praça, as operárias, indignadas, acudirão de todas as partes. Será imediatamente rodeada e mantida na terrível prisão tumultuosa, cujos muros obstinados se erguerão até sua morte, porque neste caso, em particular, quase nunca sai viva.

De modo que a introdução e a substituição das rainha é uma das maiores dificuldades da apicultura. É curioso ver a que diplomacia, a que astúcias complicadas deve recorrer o homem para impor seu desejo e enganar estes pequenos insetos tão perspicazes, mas sempre de boa-fé, que aceitam com uma coragem impressionante os acontecimentos mais inesperados, nos quais não vêem, ao que parece, senão um capricho novo mas fatal da Natureza. Em suma: em toda essa diplomacia e no desconcerto desesperante que produzem com bastante frequência ditos atrevidos ardis, o homem conta sempre, quase empiricamente, com o admirável senso prático das abelhas, com o tesouro inesgotável de suas leis e de seus costumes maravilhosos, com seu amor à ordem, à paz e ao bem público; com sua fidelidade ao futuro, com afirmeza tão hábil e o desinteresse tão sério de seu caráter e, sobretudo, com uma constância, que nada chega a cansar, no cumprimento de seus deveres. Mas o detalhe destes procedimentos pertence aos tratados de apicultura propriamente ditos, e nos levaria muito longe.[2]

XXVI

Quanto ao afeto pessoal de que falávamos, e para acabar com ele, se é que existe, é certo também que sua memória é curta; se pretendemos restabelecer em seu reino a mãe desterrada poucos dias antes, será recebida nele de tal maneira por suas filhas exasperadas que teremos de apressar-nos em arrancá-la ao encarceramento mortal, o castigo que se dá às rainhas desconhecidas. É que tiveram tempo de transformar em células reais uma dúzia de casinhas de operárias e o porvir da raça já não corre nenhum perigo. Seu afeto cresce ou decresce, segundo a maneira como a rainha representa este futuro. Habitualmente, quando uma rainha virgem realiza a perigosa cerimônia do *voo nupcial*, veem-se suas súditas temerosas de perdê-la, a ponto de todas a acompanharem nesta trágica e distante busca do amor, de que logo falarei, o que nunca fazem quando se teve o cuidado de dar-lhes um fragmento de favo que contenha células de ninhada jovem, onde acham a esperança de criar novas mães. O afeto pode

2. Ordinariamente se introduz a rainha estranha encerrando-a numa jaulinha de arame, que se coloca entre dois favos. A jaula é dotada de uma porta de cera e mel que as operárias roem quando sua cólera passou, libertando assim a prisioneira, a quem com bastante frequência acolhem sem malevolência. O sr. S. Simmins, diretor do grande colmeal de Rottingdean, encontrou recentemente outro modo de introdução, sumamente simples, que quase sempre dá bom resultado e que se generaliza entre os apicultores zelosos de sua arte. Ordinariamente, o que dificulta a introdução é a atitude da rainha. Esta se espanta, foge, se oculta, se conduz como uma intrusa, inspira suspeitas que o exame das operárias não tarda a confirmar. O sr. Simmins isola-a de início completamente e a faz jejuar durante meia hora. Levanta então um ângulo da coberta interior da colmeia órfã e coloca a rainha estranha sobre um dos favos. Desesperada por seu isolamento anterior, se alegra por encontrar-se de novo entre as abelhas e, faminta, aceita com avidez os alimentos que lhe oferecem. As operárias, enganadas por aquela tranquilidade, não se põem a averiguar; imaginam provavelmente que sua antiga rainha voltou e a acolhem com alegria. Parece resultar desta experiência que, contrariamente à opinião de Huber e dos observadores, elas não são capazes de reconhecer sua rainha. Seja como for, as duas explicações, igualmente plausíveis — mesmo que a verdade se encontre numa terceira, que ainda não conhecemos —, demonstram uma vez mais quão complexa e obscura é a psicologia das abelhas. E disto, como de todas as questões de vida, não há mais que uma conclusão a tirar: à espera de coisa melhor, é preciso que em nosso coração reine a curiosidade.

até transformar-se em furor e em ódio se a soberana não preenche todos os seus deveres para com a divindade abstrata que chamaríamos de sociedade futura e que concebem mais vivamente que nós. Já aconteceu, por exemplo, de vários apicultores, por diversas razões, impedirem que a rainha seguisse o enxame retendo-a na colmeia por meio de uma pequena rede metálica, através da qual as delgadas e ágeis operárias passavam inadvertidamente, mas por cujas malhas a pobre escrava do amor, notavelmente mais pesada e corpulenta que suas filhas, não podia passar. À primeira saída, as abelhas, vendo que não as havia seguido, voltavam à colmeia e repreendiam, empurravam e maltratavam muito manifestamente a infeliz prisioneira, a quem acusavam, sem dúvida, de preguiça ou espírito estreito. À segunda saída, como sua má vontade parecia evidente, aumentava a cólera de suas súditas e os maus-tratos ficavam mais sérios. Enfim, à terceira, julgando-a irremediavelmente infiel a seu destino e ao porvir da raça, quase sempre a condenavam e lhe impunham a morte na prisão real.

XXVII

Como se vê, tudo está subordinado a esse futuro com uma previsão, uma inflexibilidade, uma habilidade em interpretar as circunstâncias e tirar partido delas, que confundem a admiração quando se tem em conta o imprevisto, o sobrenatural que nossa intervenção recente difunde sem cessar em suas moradas. Talvez se diga que, no primeiro caso, interpretam muito mal a impotência da rainha em segui-las. Seríamos nós muito mais perspicazes se uma inteligência de ordem diferente, servida por um corpo tão colossal que seus movimentos fossem quase tão imperceptíveis como os de um fenômeno natural, se divertisse em estender-nos laços do mesmo gênero? Não levamos milhares de anos para descobrir uma interpretação plausível para o raio? A inteligência trabalha com lentidão quando sai de sua esfera, sempre pequena, e quando se acha em presença de acontecimentos que não provocou. Ademais, não é seguro que se a prova da rede metálica se generalizasse e se prolongasse, as abelhas não acabassem por compreendê-la remediando seus inconvenientes. Já entenderam muitas outras provas e tiraram o partido mais engenhoso. A prova dos *favos móveis* ou das *seções*, por exemplo, em que são obrigadas a armazenar seu mel de reserva em caixinhas simetricamente empilhadas, ou a prova extraordinária de *cera estampada*, em que os alvéolos só estão traçados por um delgado contorno de cera, cuja utilidade elas logo percebem e estiram com cuidado, a fim de formar, sem perda de substância nem de trabalho, células perfeitas. Não descobrem, em todas as circunstâncias que não se apresentam sob um laço estendido por uma espécie de deus malicioso e corrompido, a melhor e a única solução humana? Para citar uma dessas circunstâncias naturais, mas de todo normais: uma lesma, ou um rato, se introduz na colmeia e ali morre. Que farão as abelhas para se desembaraçar do cadáver, que não tardará em empestear a atmosfera? Se lhes for impossível expulsá-lo ou despedaçá-lo, encerram-no metódica e hermeticamente num verdadeiro sepulcro de cera e própolis que se ergue entre os monumentos ordinários da colmeia. No ano passado encontrei em uma de minhas colmeias um aglomerado de três tumbas, separadas, como os alvéolos dos favos, por tabiques intermediários, a fim de economizar a maior quantidade de cera possível. As prudentes coveiras as haviam erigido sobre os restos de três pequenos caracóis que um menino introduzira em sua morada. Habitualmente, quando se trata de caracóis, contentam-se em cobrir com cera o orifício da concha. Mas como desta vez as conchas estavam estragadas ou rachadas, as abelhas acharam mais simples enterrar tudo; a fim de não estorvar o movimento da entrada, dispuseram nessa massa embaraçosa um certo número de galerias exatamente proporcionais, não ao seu tamanho, mas ao dos zangões, que são duas vezes maiores que elas. Isto e o fato seguinte não permitem crer que as abelhas chegariam a descobrir a razão pela qual a rainha não pode segui-las através da rede metálica? Têm um sentido muito seguro das proporções e do espaço que um corpo necessita para mover-se. Nas regiões em que pulula a horrível esfinge caveira, a *Aqueorontia Atropos*, constróem na entrada de suas colmeias coluninhas de cera entre as quais o saqueador noturno não pode introduzir seu enorme abdômen.

XXVIII

Para resumir o papel e a situação da rainha, pode-se dizer que é o coração escravo da colmeia, cuja inteligência a rodeia. É a soberana única, mas também a servente real, a depositária cativa e a delegada responsável do amor. Seu povo a serve e a venera, sem esquecer que não se submete à sua pessoa, mas à missão que desempenha e aos destinos que representa. Difícil seria encontrar república humana cujo plano abarque uma porção tão considerável dos desejos de nosso planeta; uma democracia na qual a independência seja ao mesmo tempo mais perfeita e mais razoável, a sujeição mais total e mais bem arrazoada. Mas tampouco se encontraria nenhuma em que os sacrifícios fossem mais duros e mais absolutos. Não se acredite que eu admire esses sacrifícios tanto como seus resultados. Seria de desejar que tais resultados pudessem ser obtidos com menos sofrimento e menos sacrifício; mas uma vez aceito o princípio — e é quiçá necessário no pensamento de nosso globo —, sua organização é admirável. Seja qual for a verdade humana sobre este ponto, na colmeia a vida não é considerada como uma série de horas mais ou menos agradáveis, das quais convém não entristecer nem amargar mais que os minutos indispensáveis para seu sustento, mas como um grande dever comum e severamente dividido para um porvir que nunca chega, desde o princípio do mundo. Cada qual renuncia a mais da metade de sua felicidade e de seus direitos. A rainha diz adeus à luz do dia, ao cálice das flores e à liberdade; as operárias, ao amor, a quatro ou cinco anos de vida e às doçuras da maternidade. A rainha vê seu cérebro reduzido a nada em proveito dos órgãos de reprodução e as operárias veem atrofiar-se estes mesmo órgãos em benefício de sua inteligência. Não seria justo sustentar que a vontade não toma parte alguma nessas abnegações. É certo que a operária não pode mudar seu destino, mas dispõe de todas as ninfas que a rodeiam e que são suas filhas indiretas. Vimos que cada larva de operária, se fosse nutrida e alojada segundo o regime real, poderia converter-se em rainha, e, igualmente, cada larva real, se se mudasse seu alimento e se reduzisse sua célula, seria transformada em operária. Estas prodigiosas eleições se operam todos os dias na dourada sombra da colmeia. Não se efetuam ao acaso, mas por uma sabedoria cuja lealdade e gravidade profundas só o homem pode enganar; uma sabedoria sempre alerta as faz ou desfaz, tendo em conta o quanto se passa dentro e fora da colmeia. Se de repente abundam flores imprevistas, se a colina ou as margens do rio resplandecem com nova colheita, se a rainha é velha ou menos fecunda, se a população se acumula e lhe falta espaço, veremos surgir células reais. Estas mesmas células poderão ser destruídas, se a colheita vem a faltar ou se se aumenta a colmeia. Serão amiúde conservadas enquanto a jovem rainha não tenha realizado com êxito seu voo nupcial, para serem destruídas quando esta volta à colmeia arrastando, como um troféu, o sinal irrecusável de sua fecundação. Onde está essa sabedoria que assim pesa o presente e o porvir, para a qual o que ainda não é visível tem mais importância que tudo o que se vê? Onde reside essa prudência anônima que renuncia e elege, que eleva e rebaixa, que de tantas operárias poderia fazer tantas rainhas e que de tantas mães faz um povo de virgens? Dissemos anteriormente que se encontra no *espírito da colmeia*; mas o *espírito da colmeia*, onde encontrá-lo enfim, senão no conjunto das operárias? Talvez, para convencer-se que é aqui onde reside, não fosse necessário observar tão atentamente os costumes da república real. Bastaria, como fizeram Dujardin, Brandt, Girard, Vogel e outros entomólogos, pôr sob o microscópio, junto ao crânio um tanto vazio da rainha e da magnífica cabeça dos zangões em que resplandecem 26.000 olhos, a cabecinha ingrata e ocupada da virgem operária. Teríamos visto que nesta cabecinha se desenvolvem as circunvoluções do cérebro maior e mais engenhoso da colmeia. É o mais belo, o mais complicado, o mais delicado, o mais perfeito — em outra ordem e com uma organização diferente — que existe na Natureza depois do cérebro do homem.[3] Aqui também, como em todas as partes dentro do regime do mundo que conhecemos, onde está o cérebro está a autoridade, a força verdadeira, a sabedoria e a vitória. Aqui também é um átomo quase invisível dessa substância misteriosa que avassala e organiza a matéria e sabe criar para si um pequeno posto triunfante e duradouro em meio às forças enormes e inertes do nada e da morte.

3. O cérebro da abelha, segundo cálculos de Dujardin, forma 1/74 do peso total do inseto; o da formiga, 1/296. Em contrapartida, os "corpos pedunculados", que parecem desenvolver-se em proporção aos triunfos da inteligência sobre o instinto, são menos importantes na abelha que na formiga. Como um compensa o outro, resulta destas estimativas, respeitando nelas a parte hipotética e tendo em conta a obscuridade do assunto, que o valor intelectual da formiga e da abelha deve ser quase igual.

XXIX

Voltemos agora à nossa colmeia que enxameia, onde não se esperou o fim destas reflexões para dar o sinal de partida. No momento em que se dá este sinal, dir-se-ia que todas as portas da cidade se abrem ao mesmo tempo, com um empurrão súbito e insensato, e a negra multidão se evade, ou melhor, surge delas, segundo o número de aberturas, num duplo, triplo ou quádruplo jorro direto, tenso, vibrante e contínuo, que se esparge e alarga de imediato no espaço, formando uma sonora rede na qual se exasperam 100.000 asas transparentes. Durante alguns minutos, a rede flutua em cima da colmeia e em meio a um prodigioso murmúrio comparável ao que produziriam diáfanas sedas rasgadas e recozidas sem cessar por mais de mil dedos eletrizados. Ondula, vacila, palpita como um véu de alegria sustentado no ar por mãos invisíveis, que parecem dobrá-lo e desdobrá-lo das flores até o céu, à espera de uma chegada ou de uma partida augusta. Por fim, uma das dobras baixa e a outra sobe, as quatro pontas cheias de sol do radioso manto que canta se unem e, à semelhança de um desses lenços inteligentes que para cumprir um desejo atravessam o horizonte nos contos de fadas, se dirige inteiro e já dobrado, a fim de recobrir a sagrada presença do futuro, para a tília, a pereira ou o salgueiro onde a rainha acaba de pousar, como um cravo de ouro de onde saem uma por uma suas ondas musicais e em torno do qual enrola seu lenço de pérolas iluminado de asas.

Logo o silêncio renasce; aquele vasto tumulto, aquele terrível véu que parecia urdido de inumeráveis cóleras, aquele ensurdecedor granizo de ouro que, sempre em suspenso, ressoava sem cessar sobre todos os objetos dos arredores, se reduz depois a um grande cacho inofensivo e pacífico dependurado em um ramo de árvore e formado de milhares de pequenas bagas vivas, mas imóveis, que esperam com paciência a volta dos exploradores que foram em busca de um abrigo.

XXX

É a primeira etapa do enxame, a que chamam *enxame primário*, à frente do qual se encontra sempre a velha rainha. Habitualmente pousa sobre a árvore ou o arbusto mais próximo da colmeia, pois a rainha, com o peso de seus ovos e não tendo visto a luz desde seu voo nupcial ou desde o enxameamento do ano precedente, ainda não se atreve a lançar-se ao espaço e parece ter esquecido o uso de suas asas.

O apicultor espera que a massa se tenha aglomerado bem e, depois, coberta a cabeça com um grande chapéu de palha (porque mesmo a abelha mais inofensiva saca inevitavelmente o aguilhão quando se enreda entre os cabelos, onde se crê colhida numa armadilha), mas sem máscara nem véu, se tem experiência, e depois de ter imergido em água fria seus braços até os cotovelos, recolhe o enxame sacudindo vigorosamente sobre uma colmeia, virada de boca para cima, o ramo que o sustenta. O cacho cai pesadamente nela como um fruto maduro. Ou então, se o ramo é muito forte, colhe do montão massas de abelhas com uma colher e distribui as colheradas vivas por onde quiser, como faria com punhados de trigo. Não precisa temer nada das abelhas que zumbem ao seu redor, cobrindo suas mãos e rosto. Escuta seu canto de embriagadora alegria, que não se parece com seu canto de cólera. Não precisa temer que o enxame se divida, se irrite, se dissipe ou escape. Já o disse: nesse dia as misteriosas operárias se acham possuídas de um espírito de festa e confiança que nada pode alterar. Desprenderam-se dos bens que tinham de defender e já não reconhecem seus inimigos. São inofensivas por serem felizes, e são felizes sem que se saiba por que; cumprem a lei. Todos os seres têm assim um movimento de cega felicidade que a Natureza lhes reserva quando quer chegar a seus fins. Não nos espantemos que as abelhas se deixem enganar; nós mesmos, depois de tantos séculos a observá-las com a ajuda de um cérebro mais perfeito que o delas, nos enganamos com frequência em seu estudo e ainda ignoramos se são benévolas, indiferentes ou baixamente cruéis.

O enxame permanecerá onde foi parar a rainha. Mesmo que ela tenha caído sozinha na colmeia, uma vez assinalada sua presença, todas as abelhas, em grandes fileiras negras, dirigirão seus passos para o retiro materno; enquanto a maioria penetra ali apressadamente, uma multidão de outras, detendo-se um instante no umbral de portas desconhecidas, formarão os círculos de solene alegria com que costumam saudar os acontecimento felizes: *tocam chamada*, segundo a expressão dos camponeses. O inesperado abrigo é aceito de pronto e explorado em seus mínimos rincões; sua posição em meio às colmeias, sua forma, sua cor são reconhecidos e inscritos em milhares de pequenas memórias prudentes e fiéis. Os pontos de referência dos arredores são observados de modo cuidadoso; a nova colmeia existe já inteira no fundo de suas corajosas imaginações e seu posto está marcado no espírito e no coração de todos os seus habitantes; ouve-se ressoar dentro de seus muros o hino de amor da presença real e começa o trabalho.

XXXI

Se o homem não o recolhe, a história do enxame não termina aqui. Permanece suspenso no ramo até a saída das operárias exploradoras, que desde os primeiros minutos do enxameamento se dispersaram à busca de alojamento. Uma depois da outra voltam e dão conta da sua missão; posto que nos é impossível penetrar o pensamento das abelhas, é necessário que interpretemos humanamente o espetáculo a que assistimos. É provável que escutem atentamente seus informes. Uma preconiza um oco de árvore; outra pondera as vantagens de um buraco num muro velho, uma cavidade numa gruta ou uma cova abandonada. Acontece muito que a assembleia vacila e delibera até a manhã seguinte. Por fim se escolhe e estabelece-se um acordo. Num momento o cacho se agita, se desagrega, se esparge e com um voo impetuoso e sustentado, que desta vez já não conhece obstáculo algum, por cima das sebes, das colheitas, dos campos de linho, dos montes de feno ou palha, dos tanques, das aldeias e dos rios, a nuvem vibrante se dirige em linha reta para um ponto determinado e sempre muito remoto. É raro que o homem possa segui-la nesta segunda etapa. O enxame retorna à Natureza e perdemos o rastro de seu destino.

LIVRO TERCEIRO

A FUNDAÇÃO DA COLMEIA

I

Observemos mais de perto o que faz na colmeia oferecida pelo apicultor o enxame recolhido. Recordemos o sacrifício que fizeram as 50.000 virgens que, segundo a frase de Ronsard, "levam um gentil coração num pequeno corpo" e admiremos uma vez mais o valor que necessitam para voltar a começar a vida no deserto onde vieram parar. Esqueceram a opulenta e magnífica colmeia em que nasceram, onde a existência era tão segura e estava tão admiravelmente organizada, onde o suco armazenado de todas as flores ao sol permitia sorrir das ameaças do inverno. Deixaram ali, adormecidas no fundo de seus berços, milhares e milhares de filhas que não voltarão a ver. Abandonaram ali, além do enorme tesouro de cera, de própolis e de pólen acumulado por elas, mais de 120 libras de mel; quer dizer, doze vezes o peso do povo inteiro, cerca de cem mil vezes o peso de cada abelha, o que representaria para o homem oitenta e duas mil toneladas de víveres, toda uma frota de grandes navios carregados de alimentos mais precisos e mais perfeitos que qualquer um que conhecemos, pois o mel é para as abelhas uma espécie de vida líquida, uma espécie de quilo imediatamente assimilável e quase sem desperdício.

Aqui, na nova residência, não há nada; nem uma gota de mel, nem um fragmento de cera, nenhum ponto de referência, nenhum ponto de apoio. É a nudez desolada de um monumento imenso que não tem mais que o teto e os muros. As paredes, circulares e lisas, não encerram mais que sombras e, no alto da abóbada monstruosa, arredonda-se o vazio. Mas a abelha não toma conhecimento dos pesares inúteis; ou, em todo caso, não se entrega a eles. Seu ardor, longe de ser abatido por uma provocação que venceria qualquer valor, é maior que nunca. Apenas colocada a colmeia em seu sítio, mal começa a acalmar-se o desconcerto da tumultuosa queda, vê-se operar na misturada multidão uma divisão muito bem marcada e totalmente inesperada. A maior parte das abelhas, como um exército que obedece a uma ordem precisa, se põe a subir em espessas colunas ao longo das paredes verticais do monumento. Ao chegar à cúpula, as primeiras se agarram a ela com suas patas anteriores; as que vêm depois se agarram às primeiras, e assim sucessivamente até que se tenham formado longas cadeias que servem de ponte à multidão que sobe sempre. Pouco a pouco, estas cadeias se multiplicam, se reforçam e se enlaçam ao infinito, formando grinaldas que, sob a ascensão inumerável e contínua, se transformam por sua vez em cortina espessa e triangular, ou melhor, numa espécie de cone compacto e invertido, cuja ponta se fixa na parte superior da cúpula e cuja base inferior alarga-se até a metade ou dois terços da altura total da colmeia. Então, quando a última abelha que se sente chamada por uma voz interior a formar parte deste grupo chega à cortina suspensa nas trevas, a ascensão tem fim, todo movimento cessa pouco a pouco na abóbada e o estranho cone invertido espera durante longas horas num silêncio que poderíamos crer religioso, numa imobilidade que parece espantosa, a chegada do mistério da cera. Enquanto isto, sem preocupar-se com a formação da maravilhosa cortina por cujas dobras vai baixar um dom mágico, sem parecer tentadas a unir-se a ela, as demais abelhas, quer dizer, todas que ficaram na planta baixa da colmeia, examinam o edifício e empreendem os trabalhos necessários.

O solo é cuidadosamente varrido e as folhas secas, os fios de erva, os grãos de areia são transportados para longe, um por um, porque a limpeza das abelhas vai até a mania, e quando, no coração do inverno, o grande frio as impede por demasiado tempo de efetuar o que se chama em apicultura seu *voo de limpeza*, antes de sujar a colmeia, perecem em massa, vítimas de terríveis enfermidades.

Só os zangãos são incorrigivelmente descuidados e enchem impudicamente de excrementos os favos que frequentam e que as operárias têm de limpar continuamente.

Depois da faxina, as abelhas do mesmo grupo profano, do grupo que não intervém no cone suspenso numa espécie de êxtase, se põem a revestir minuciosamente de lúten o circuito inferior da morada comum.

Logo passam em revista todas as rachaduras: enchem-na, cobrem de própolis e procedem ao envernizamento das paredes do edifício, de alto a baixo. A guarda da entrada é reorganizada, e em seguida um certo número de operárias vai aos campos, de onde voltam carregadas de néctar e pólens.

II

Antes de levantar as dobras da misteriosa cortina, ao abrigo da qual se assentam os fundamentos da verdadeira casa, procuremos perceber a inteligência que deverá demonstrar nosso pequeno povo de emigrados, do golpe de vista certeiro, dos cálculos e da indústria necessários para adequar o asilo, para traçar no vazio os planos dos edifícios que se tratam de levantar da maneira mais econômica e rápida possível, porque a rainha, na urgente necessidade de botar seus ovos, já os deposita pelo chão. É preciso, ademais, nesse labirinto de construções diversas, mesmo que imaginárias, e cuja forma é necessariamente inusitada, não perder de vista as leis da ventilação, da estabilidade, da solidez; considerar a resistência da cera, a natureza dos víveres que há por armazenar, a comodidade das entradas, os costumes da soberana, a distribuição de certo modo preestabelecida, porque é organizadamente a melhor, dos depósitos das casas, das ruas e das passagens, e muitos outros problemas que seria demasiado extenso enumerar.

A forma das colmeias que o homem oferece às abelhas varia até o infinito: desde a árvore oca ou o cilindro de barro cozido, ainda usado na África e na Ásia, passando pela clássica campânula de palha que se encontra em meio a uma touceira de girassóis, ou de malvas, debaixo das janelas ou no pomar da maioria de nossas granjas, até as verdadeira fábricas da apicultura de hoje, em que se acumulam por vezes mais de 150 kg de mel contidos em três ou quatro andares de favos superpostos e rodeados de um aro que permite removê-los, manejá-los, extrair deles a colheita por meio da força centrífuga, com a ajuda de uma turbina, e voltar a colocá-los em seu lugar, como se faria com um livro numa biblioteca bem ordenada.

O capricho ou a indústria do homem introduz um dia o enxame dócil em uma ou outra dessas habitações desconcertantes e a abelha tem de orientar-se e instalar-se nela, modificar planos que a força das coisas quer, por assim dizer, imutáveis; determinar nesse espaço insólito a situação dos armazéns de inverno que não podem passar da zona de calor produzido pela população meio entumescida; prever, enfim, o ponto onde se concentrarão os favos da ninhada, cuja localização, sob pena de desastre, deve ser quase invariável; nem demasiado alto, nem demasiado baixo, nem muito perto, nem muito longe da porta. Sai, por exemplo, de um tronco de árvore derrubado que não formava mais que uma longa galeria horizontal, estreita e baixa, e gela aqui num edifício elevado como uma torre e cujo teto se perde nas trevas. Ou então, para nos aproximarmos mais de seu espanto, havia-se acostumado, há séculos, a viver debaixo da cúpula de palha de nossas colmeias campestres e é instalada de chofre numa espécie de grande armário ou cofre, três ou quatro vezes mais vasto que a casa natal, em meio a uma confusão de aros, suspensos uns por cima dos outros, ora paralelos, ora perpendiculares, na entrada, formando um labirinto de andaimes que enredam todas as superfícies de sua morada.

III

Não se tem exemplo de enxame que se tenha negado a empreender o trabalho, se tenha deixado desalentar ou desconcertar pela novidade das circunstâncias, desde que a habitação oferecida não esteja impregnada de mau cheiro ou seja realmente inabitável. Ainda neste caso, não é questão de desalento, desespero ou abandono do dever. Abandona simplesmente o recinto inóspito para ir buscar melhor fortuna um pouco mais longe. Não se pode dizer tampouco que jamais se tenha conseguido executar um trabalho pueril ou ilógico. Nunca se viu abelha perdendo a cabeça e, não sabendo que partido tomar, empreendendo ao acaso construções loucas ou extravagantes. Coloque-as numa esfera, em um cubo, numa pirâmide, num cesto ovalado ou poligonal, num cilindro ou numa espiral; visite-as ao cabo de alguns dias, se aceitaram a morada, verá que esta estranha multidão de pequenas inteligências independentes soube pôr-se imediatamente de acordo para escolher sem vacilar, com um método cujos princípios parecem inflexíveis, mas cujas consequências são vivas, o ponto mais propício, e, amiúde, o único ponto utilizável do habitáculo absurdo.

Se elas forem instaladas numa dessas grandes fábricas com aros de que falamos há pouco, só os utilizam quando lhes proporcionam um ponto de partida ou pontos de apoio cômodos para seus favos, e é muito natural que não tenham em conta nem os desejos nem as intenções do homem. Mas se o apicultor cuidou de cobrir com uma camada de cera a prancha superior de alguns deles, as abelhas se encarregarão imediatamente das vantagens que lhes oferece esse trabalho começado, estenderão cuidadosamente a camada e prolongarão metodicamente com sua própria cera o favo no plano indicado. De igual maneira — o que é frequente na apicultura intensiva de hoje —, se todos os aros da colmeia em que se recolheu o enxame se acham providos, de cima a baixo, de camadas de cera alveolada, não perderão tempo em construir ao lado, ou obliquamente, em produzir cera inútil. Encontrando o trabalho começado, se contentarão em aprofundar e estender cada um dos alvéolos esboçados na camada, retificando gradativamente os pontos em que esta se afasta da vertical mais rigorosa; desta maneira possuirão em menos de uma semana uma colmeia tão luxuosa e tão bem construída como a que acabaram de deixar, enquanto que, abandonadas a seus próprios recursos, teriam necessitado de dois ou três meses para edificar a mesma profusão de armazéns e de casa de cera branca.

IV

Parece que esse espírito de adequação excede singularmente os limites do instinto. Ademais, não há nada tão arbitrário como essas distinções entre o instinto e a inteligência propriamente dita. John Lubbock, que fez observações tão pessoais e curiosas sobre as formigas, as vespas e as abelhas, tem uma grande predileção, quiçá inconsciente e algo injusta, pelas formigas, que observou de maneira especial — cada observador quer que o inseto que ele estuda seja mais inteligente ou mais notável que os demais, e convém precaver-se contra este pequeno defeito do amor-próprio. John Lubbook, como eu dizia, se inclina a negar à abelha todo discernimento e toda faculdade de raciocínio a partir do momento em que sai da rotina de seus trabalhos habituais. Dá como prova uma experiência que se pode repetir facilmente. Coloque numa garrafa meia dúzia de moscas e meia dúzia de abelhas; posicione horizontalmente a garrafa com o fundo para a janela do aposento; as abelhas se empenharão, durante horas, até morrer de fadiga ou inanição, em buscar uma saída através do fundo do vidro, ao passo que as moscas, em menos de dois minutos, terão saído no sentido oposto, pelo gargalo da garrafa. John Lubbock deduz que a inteligência da abelha é extremamente limitada e que a mosca é muito mais hábil em sair pela passagem e encontrar seu caminho. Tal conclusão não parece irreprochável. Volte alternativamente para a luz, vinte vezes seguidas, se for o caso, ora o fundo, ora o gargalo, e vinte vezes seguidas as abelhas se voltarão simultaneamente para ficar de frente para a luz. O que as põe a perder na experiência do sábio inglês é seu amor à luz e sua própria razão. Imaginam, evidentemente, que em toda prisão o resgate está na parte de claridade mais viva; trabalham, em consequência, e se obstinam em trabalhar com demasiada lógica. Nunca tiveram conhecimento do mistério sobrenatural que para elas representa o vidro, essa atmosfera subitamente impenetrável, que não existe na Natureza: o obstáculo e o mistério devem ser-lhes tanto mais inadmissíveis, tanto mais incompreensíveis, quanto mais inteligentes são. Ao passo que as moscas aturdidas, sem sentido, sem levar em conta a lógica do chamamento da luz, do enigma do cristal, revoluteiam ao acaso no globo e, encontrando aqui a boa sorte dos simplórios, que às vezes se salvam onde perecem os mais sábios, acabam necessariamente por deparar, em sua passagem, com o gargalo que as salva.

V

O mesmo naturalista dá outra prova da falta de inteligência das abelhas e a encontra na seguinte página do grande apicultor americano, o venerável e paternal Langstroth:

"Como a mosca não foi chamada para viver sobre as flores, mas sobre substâncias na quais poderia afogar-se facilmente, pousa com precaução no bordo dos vasos que contêm um alimento líquido e bebe neles com prudência, ao passo que a pobre abelha se atira de cabeça e não tarda a perecer. O funesto destino de suas irmãs não detém um só instante as demais quando se aproximam por sua vez do alimento, pois pousam como loucas sobre os cadáveres e sobre as moribundas para compartilhar de sua triste sorte. Ninguém consegue imaginar a extensão de sua loucura se não viu uma confeitaria invadida por miríades de abelhas famélicas. Já vi serem retiradas os milhares do xaropes em que se afogaram, pousaram também aos milhares no açúcar em ebulição; vi o solo coberto e as janelas escurecidas pelas abelhas; umas, arrastando-se; outras, voando; e outras, enfim, tão completamente lambuzadas que não podiam arrastar-se nem voar; de cada dez, nenhuma era capaz de levar à colmeia a presa mal adquirida, e, sem dúvida, o ar estava cheio de novas legiões que chegavam para proceder com igual insensatez".

Isto não é mais concludente do que seria para um observador sobre-humano que quisesse fixar os limites de nossa inteligência, em vista dos estragos do alcoolismo ou de um campo de batalha. Menos, quem sabe. A situação da abelha, comparada com a nossa, é estranha neste mundo. Foi posta nele para viver indiferente e inconsciente na Natureza, não ao lado de um ser extraordinário que transtorna ao redor delas as leis mais constantes e cria fenômenos grandiosos e incompreensíveis. Na ordem natural, na existência monótona do monte natal, o louco atolamento descrito por Langstroth não seria possível senão no caso de que algum acidente rompesse uma colmeia cheia de mel. Mas então não haveria ali janelas mortais, nem açúcar fervendo, nem xarope demasiado espesso; portanto, os mortos não seriam muitos e não haveria mais perigos que os que corre qualquer animal perseguindo sua presa.

Conservaríamos melhor que elas nosso sangue-frio se um poder insólito tentasse a cada instante nossa razão? É, pois, muito difícil julgar as abelhas, que nós mesmos enlouquecemos e cuja inteligência não foi armada para descobrir nossos laços, do mesmo modo que a nossa não parece disposta para evitar os de um ser superior hoje desconhecido, mas possível, sem dúvida. Não conhecendo nada que nos domine, deduzimos que ocupamos a cúspide da vida na Terra. Mas depois de tudo, isto não é indiscutível. Não quero crer que quando fazemos coisas desordenadas ou miseráveis caímos nos laços de um gênio superior, mas nada há de inverossímil que isto pareça certo algum dia. Por outro lado, não se pode sustentar razoavelmente que as abelhas estejam desprovidas de inteligência porque ainda não chegaram a distinguir-nos do orangotango ou do urso, e nos tratam como tratariam a esses ingênuos habitantes do bosque primitivo. Não resta dúvida que há em nós e ao nosso redor influências e poderes igualmente dessemelhantes, que não discernimos melhor.

Enfim, para terminar esta apologia, na qual incorro um pouco na falta que reprovei em John Lubbock: não é preciso ser inteligente para ser capaz de cometer tão grandes loucuras? Sempre acontece assim no domínio incerto da inteligência, o estado mais precário e mais vacilante da matéria. Na mesma claridade da inteligência está a paixão, da qual não é possível dizer com certeza se é a fumaça ou a mecha da chama. E aqui a paixão das abelhas é bastante nobre para escusar as vacilações da inteligência. O que as arrasta a esta imprudência não é o afã bestial de fartar-se de mel. Poderiam fazê-lo comodamente nas adegas de sua morada. Observe-as, siga-as numa circunstância análoga, e as verá, uma vez o papo cheio, regressar à colmeia e depositar o produto, para voltar trinta vezes em uma hora à maravilhosa vindima. É, pois, o mesmo desejo que realiza tantas obras admiráveis: o afã de levar os bens possíveis à casa de suas irmãs e do porvir. Quando as loucuras dos homens têm uma causa tão desinteressada, costumamos dar-lhes outro nome.

VI

Com efeito, é preciso dizer toda a verdade. Em meio aos prodígios de sua indústria, de sua ordem e suas renúncias, uma coisa será sempre surpreendente e interromperá nossa admiração: sua indiferença pela morte ou pela desgraça de suas companheiras. Há no caráter da abelha uma contradição ou inconsequência muito estranha. No seio da colmeia todas se amam e se ajudam mutuamente. Se acham tão unidas como os bons pensamentos de uma mesma alma. Se uma é ferida, mil se sacrificarão para vingar a injúria. Fora da colmeia, já não se conhecem. Mutile, esmague — melhor dizendo, evite fazê-lo: seria uma crueldade inútil, porque o fato é constante —, enfim, suponhamos que mutiles, que esmagues sobre um favo colocado a poucos passos de sua morada dez, vinte ou trinta abelhas saídas da mesma colmeia; as que não forem tocadas não voltarão a cabeça e continuarão sugando por meio de sua língua, fantástica como uma arma chinesa, o líquido que para elas é mais precioso que a vida, sem fazer caso das agonias cujas últimas convulsões as roçam, nem dos gritos de angústia que se dão ao seu redor. E quando o favo estiver vazio, para que nada se perca, para recolher o mel pegado às vítimas, subirão tranquilamente sobre as mortas e sobre as feridas, sem que as emocione a presença de umas e sem pensar em socorrer as outras. Não têm, pois, neste caso, nem a noção do perigo que correm, posto que a morte que se esparge ao seu redor não as impressiona, nem o menor sentimento de solidariedade ou de piedade.

Quanto ao perigo, se explica: a abelha não conhece o medo e não há nada que a assuste, exceto a fumaça. Ao sair da colmeia aspira, ao mesmo tempo que o ar, a generosidade e a condescendência. Se afasta diante do que a estorva, simula ignorar a existência do que não a aperta demasiado. Dir-se-ia que sabe que existe um universo que pertence a todos, no qual cada um tem direito a seu posto, onde convém ser discreto e pacífico. Mas sob esta indulgência se oculta pacificamente um coração tão seguro de si que não cuida afirmar-se. Desvia-se, se alguém a ameaça, mas não foge jamais. Por outro, na colmeia, não se limita a essa passiva ignorância do perigo; arremete com inaudita impetuosidade contra todo ser vivo: formiga, leão ou homem que se atreva a tocar na arca santa. Chamemos a isto, segundo nossa disposição de espírito, cólera, encarniçamento estúpido ou heroísmo.

Mas sobre sua falta de solidariedade fora da colmeia e até de simpatia na própria colmeia, não há nada que dizer. Teremos de crer que há esses limites imprevistos em todas espécie de inteligência e que a pequena chama que emana a duras penas de um cérebro, através da difícil combustão de tantas matérias inertes, é sempre tão incerta que não ilumina melhor um ponto senão em detrimento de muitos outros? Pode-se estimar que a abelha ou que a Natureza organizou nela, de modo mais perfeito que em nenhuma outra parte, o trabalho em comum, o culto e o amor ao porvir. Perdem de vista por esta razão tudo o mais? Amam o futuro e nós, sobretudo, o presente, o que nos rodeia. Talvez baste amar aqui para não ter que amar lá. Nada mais variável que a direção da caridade ou da piedade. A nós mesmos a insensibilidade das abelhas chocaria menos antigamente do que hoje, e a muitos dos antigos não lhes ocorreria reprová-la. Quanto aos demais, podemos prever todos os assombros de um ser que nos observasse como nós observamos a eles?

VII

Falta examinar, para formarmos uma ideia mais clara de sua inteligência, de que maneira se comunicam entre si. É coisa manifesta que se entendem, que uma república tão numerosa, com trabalhos tão variados e que se concertam de maneira tão maravilhosa, não poderia subsistir no silêncio nem no isolamento espiritual de tantos milhares de seres. Devem ter, pois, a faculdade de expressar suas ideias ou seus sentimentos, quer por meio de um vocabulário fonético, quer — o mais provável — mediante uma espécie de linguagem táctil ou de uma intuição magnética, que talvez responda a sentidos ou a propriedades da matéria que ainda nos sejam desconhecidos, intuição cuja sede poderia encontrar-se nessas misteriosas antenas que apalpam e compreendem as trevas e que, segundo os cálculos de Cheshire, se compõem, nas operárias, de 12.000 pelos tácteis e 5.000 cavidades olfativas. Isto prova que não somente se entendem sobre seus trabalhos habituais, mas que também o extraordinário tem um nome e um posto em sua língua; é a maneira como uma notícia, boa ou má, habitual ou sobrenatural, se difunde pela colmeia; a perda ou a volta de uma mãe, a queda de um favo, a entrada de um inimigo, a intrusão de uma rainha estrangeira, a proximidade de um bando de saqueadores, o descobrimento de um tesouro etc. A cada um destes acontecimentos, a atitude e o murmúrio das abelhas são tão diferentes, tão característicos, que o apicultor experimentado adivinha facilmente o que se passa na sombra alarmada da multidão.

Para uma prova mais precisa, observe uma abelha que acaba de encontrar uma gotas de mel espargidas sobre o parapeito de uma janela, ou num canto de sua mesa. Logo se fartará com tanta avidez que, com calma e sem temor de distraí-la, poderemos marcar-lhe o tórax com um pingo de tinta. Mas esta glutoneria não é senão aparente. O mel não passa ao estômago propriamente dito, ao que deveríamos chamar seu estômago pessoal; fica no papo, o primeiro estômago, que é, por assim dizer, o da comunidade. Assim que tenha

enchido este depósito, a abelha se afastará, mas não direta e aturdidamente, como faria uma mariposa ou mosca. Ao contrário, voará alguns instantes para trás, num ir e vir atento, junto à janela ou em torno à mesa, com o rosto voltado para o aposento. Pratica um reconhecimento do lugar e fixa em sua memória a posição exata do tesouro. Logo vai para a colmeia, deixa ali seu achado numa das células do depósito, para voltar três ou quatro minutos depois à cata de nova carga pela janela providencial. De cinco em cinco minutos, enquanto houver mel, até de noite, se preciso for, sem interrupção, sem dar-se um momento de repouso, fará viagens regulares da janela à colmeia e desta à janela.

VIII

Não quero enfeitar a verdade, como fizeram muitos que escreveram sobre as abelhas. As observações deste gênero não oferecem interesse se não forem absolutamente sinceras. Se tivesse reconhecido que as abelhas são incapazes de comunicar entre si um acontecimento exterior, poderia encontrar, em troca desta pequena decepção, algum prazer em fazer constar uma vez mais que o homem é, afinal de contas, o único ser realmente inteligente que habita nosso globo. Ademais, quando se chegou a certa altura da vida, se experimenta mais prazer em dizer coisas verdadeiras que coisas impressionantes. Convém aqui, como em toda circunstância, ater-se a este princípio: se a verdade nua parece de início menor, menos nobre ou menos interessante que o adorno imaginário com que poderia ser vestida, a culpa é nossa, porque ainda não sabemos distinguir a relação sempre admirável que deve ter com nosso ser ainda ignorado e com as leis do universo, e, neste caso, não é a verdade que necessita ser enaltecida, mas nossa inteligência.

Confessarei pois que amiúde as abelhas marcadas voltam sós. Devemos crer que há entre elas as mesmas diferenças de caráter que entre os homens; que há as silenciosas e as faladoras. Alguém que assistia a minhas experiências sustentava que, evidentemente, por egoísmo ou vaidade, muitas não queriam revelar a fonte de sua riqueza ou compartilhar com alguma de suas amigas a glória de um trabalho que a colmeia deve achar milagroso. Estes são vícios muito condenáveis que não desprendem um bom odor, leal e franco, da casa das mil irmãs. Seja como for, acontece também costumeiramente que a abelha favorecida pela sorte volta ao mel acompanhada de duas ou três colaboradoras. Sei que John Lubbock, no apêndice de sua obra *Ants, bees and wasps* ("Formigas, abelhas e vespas") traça longos e minuciosos quadros de observações, dos quais se pode deduzir que quase nunca segue outra abelha à indicadora. Ignoro com que classe de abelhas tratava o sábio naturalista, ou se as circunstâncias eram particularmente desfavoráveis. Quanto a mim, consultando minhas próprias tabelas, feitas com cuidado, depois de ter tomado todas as precauções possíveis a fim de que as abelhas não fossem diretamente atraídas pelo odor do mel, resulta que, em média, em quatro, de cada dez vezes, uma abelha trazia outras.

Até encontrei certo dia uma abelha italiana extraordinária, que eu marcara no tórax com uma pinta azul. Desde a segunda viagem chegou com duas de suas irmãs. Aprisionei a estas, sem perturbá-la. Partiu de novo e reapareceu com três companheiras, que aprisionei também, e assim por diante até o cair de tarde. Contando minhas cativas, resultou que a descobridora comunicara a notícia a dezoito abelhas.

Em suma: fazendo as mesmas experiências, reconheceremos que a comunicação, se não é regular, pelo menos é frequente. Na América, os caçadores de abelhas conhecem tanto essa faculdade, que a exploram quando se trata de descobrir uma colmeia. "Escolhem — diz Josiah Emery (citado por Romanes em *L'intelligence des animaux*, t. I, P. 117) —, para começar suas operações, um campo ou um bosque longe de toda colônia de abelhas domesticadas. Uma vez sobre o terreno, tomam algumas das abelhas que estão colhendo o néctar das flores, as encerram numa caixa de mel e, quando estão fartas, soltam-nas. Vem logo a seguir um momento de espera, cuja duração depende da distância em que se encontra a árvore das abelhas; por fim, com paciência, o caçador acaba sempre por ver suas abelhas voltarem, escoltadas por várias companheiras. Apodera-se delas como antes, lhes dá mel e as solta cada uma num ponto diferente, tendo o cuidado de observar a direção que tomam; o ponto para onde parecem convergir lhe indica aproximadamente a situação do ninho".

IX

Observe também em suas experiências que as amigas, que parecem obedecer ao sinal do achado, não voam sempre juntas, e que costuma haver um intervalo de alguns segundos entre as diversas chegadas. Haveria que colocar, pois, com relação a estas comunicações, a questão que John Lubbock resolveu no que concerne às comunicações das formigas.

As companheiras que vêm ao tesouro descoberto pela primeira abelha, não fazem mais que segui-la ou podem ser enviadas a ele por esta e encontrá-lo seguindo suas indicações e a descrição do lugar feita por ela? Há aqui, do ponto de vista da extensão e do trabalho inteligente, uma diferença enorme. O sábio inglês, por meio de um aparelho complicado e engenhoso, de pontezinhas, fossos cheios de água e pontes pênseis, chegou a determinar que, neste caso, as formigas simplesmente seguem a pista do inseto indicador. Estas experiências eram praticáveis com as formigas, que se pode fazer passar onde se quiser, mas a abelha, que pode voar, tem todos os caminhos abertos. Haveria, pois, necessidade de imaginar outro meio. Eis aqui um, empregado por mim, que não deu resultados decisivos mas que, melhor organizado e em cirçunstâncias mais favoráveis, creio que proporcionaria certezas satisfatórias.

Meu gabinete de trabalho no campo se encontra no primeiro andar, num mezanino. Fora do bosque onde florescem as tílias e as castanheiras, as abelhas têm pouco costume de voar a esta altura. Durante mais de uma semana antes da observação, eu deixara sobre a mesa um favo de mel desoperculado (que dizer, com as células abertas), sem que uma só fosse atraída por seu perfume e viesse visitá-lo. Colhi então, de uma colmeia dotada de vidros e colocada não longe da casa, uma abelha italiana. Levei-a meu gabinete, coloquei-a sobre o favo de mel e marquei-a, enquanto se regalava.

Uma vez repleta, alçou voo, voltou à colmeia, apressou-se pela superfície da multidão, colocou a cabeça numa célula vazia, lançou seu mel e se dispôs a sair. Eu a espiava e a colhi quando reapareceu no umbral. Repeti vinte vezes seguidas a experiência, escolhendo abelhas diferentes e suprimindo cada vez a anterior, a fim de que as demais não pudessem seguir sua pista. Para fazê-lo mais comodamente, colocara na porta da colmeia uma caixa de vidro, dividida em dois compartimentos. Se a abelha marcada saía só, era simplesmente aprisionada, como fizera com a primeira, e ia esperar em meu gabinete a chegada das companheiras a quem poderia ter comunicado a notícia. Se saía acompanhada de uma ou duas abelhas, retinha-a prisioneira no primeiro compartimento da caixa, separando-a assim de suas amigas e, depois de tê-las marcado com outra cor, colocava-as em liberdade, seguindo-as com a vista. É evidente que se houve comunicação verbal ou magnética, incluindo a descrição do lugar, um método de orientação etc., deveria encontrar de novo em meu gabinete certo número daquelas abelhas informadas. Devo reconhecer que não vi chegar mais que uma. Seguiu as indicações recebidas na colmeia? Foi pura casualidade? A observação era insuficiente, mas as circunstâncias não me permitiram continuá-la. Dei liberdade às abelhas cevadas, e meu gabinete de trabalho não tardou em ser invadido pela zumbidora multidão à qual haviam ensinado, segundo seu método habitual, o caminho do tesouro.[1]

X

Sem tirar nenhuma conclusão definitiva desta experiência incompleta, outros traços muito curiosos nos obrigam a admitir que as abelhas têm entre si relações espirituais de maior alcance que um *sim* ou um *não*, ou que estas comunicações elementares que um gesto ou um exemplo determinam. Poderíamos citar, entre outras, o movimento harmônico do trabalho na colmeia, a surpreendente divisão do trabalho e a regularidade dos turnos. Por exemplo: observei muitas vezes que as coletoras que eu marcara pela manhã se ocupavam à tarde — exceto quando havia grande abundância de flores — em aquecer ou abanar a ninhada, ou as descobria entre a multidão que forma essas misteriosas filas adormecidas em meio das quais traba-

1. Renovei a experiência nos primeiros dias de sol desta ingrata primavera e deu-me o mesmo resultado negativo. Por outro lado, um apicultor amigo meu, observador hábil e sincero, a quem havia submetido o problema, me escreve que acaba de obter, empregando o mesmo procedimento, quatro comunicações irrecusáveis. O fato necessita ser comprovado e a questão não está resolvida. Mas estou convencido de que meu amigo se deixou induzir em erro por seu desejo, muito natural, de ver sua experiência coroada de êxito.

lham as cereiras e as escultoras. Observei também que as operárias a quem via recolher pólen durante um dia ou dois, não o traziam no dia seguinte, mas que saíam tão só em busca de néctar, e vice-versa.

Pode-se citar ainda, quanto à divisão do trabalho, o que o célebre apicultor francês George de Layens chama "a distribuição das abelhas sobre as plantas melíferas". Cada dia, desde a primeira hora de sol, imediatamente depois do regresso das exploradoras da aurora, a colmeia que desperta se informa das boas notícias da terra: "Hoje florescem as tílias que bordejam o canal"; "o trevo branco salpica a erva dos caminhos"; "o meliloto e a sálvia dos prados vão florescer"; "as açucenas e os resedás transbordam de pólen". É preciso organizar-se sem perda de tempo, tomar medidas, repartir o trabalho. Cinco mil das mais robustas irão até as tílias; três mil das mais jovens animarão ao trevo branco. Estas aspiravam ontem o néctar das corolas; hoje, para dar repouso à sua língua e às glândulas do papo, irão recolher o pólen encarnado do resedá; aquelas, o pólen amarelo dos lírios, pois nunca vereis uma abelha colher ou misturar pólen de cores ou espécies diferentes; e o sortimento metódico dos armazéns, segundo os matizes ou origem da bela farinha perfumada é uma das grandes preocupações da colmeia. Assim são distribuídas as ordens, pelo gênio oculto. Em seguida, as trabalhadoras saem em longas filas, cada uma voa em direção à tarefa. Diz Layens:

"Parece que as abelhas estão perfeitamente inteiradas sobre a localização, o valor melífero relativo e a distância de todas as plantas que se encontram em certo raio ao redor da colmeia.

"Se observarmos com cuidado as diversas direções que tomam as coletoras e a colheita das abelhas sobre as diversas plantas das imediações, veremos que as operárias se distribuem sobre as flores proporcionalmente ao número de plantas de uma mesma espécie e à sua riqueza melífera. E mais: as próprias operárias avaliam a cada dia o valor do melhor líquido doce que podem colher.

"Se, por exemplo, na primavera, depois da florada dos salgueiros, no momento em que nada ainda floresceu nos campos, as abelhas quase não têm maior recurso senão as primeiras flores dos bosques, então poderemos vê-las visitar ativamente as anêmonas, as pulmonárias, os juncos e as violetas. Alguns dias depois, se florescem os campos de couve ou de colza, veremos as abelhas abandonar completamente a visita das plantas dos bosque ainda em plena floração, para consagrarem-se à vista das flores de couve ou colza.

"Cada dia ajustam assim sua distribuição sobre as plantas, a fim de colher o melhor líquido doce no menor tempo possível.

"Pode-se dizer, pois, que a colônia de abelhas, tanto em seus trabalhos de colheita como no interior da colmeia, sabe estabelecer uma distribuição racional do número de operárias, sem deixar de aplicar o princípio da divisão do trabalho".

XI

Mas, que nos importa que as abelhas sejam mais ou menos inteligentes? Por que pesar assim, com tanto cuidado, um pequeno vestígio de matéria quase invisível como se tratasse de um fluido do qual dependeriam os destinos do homem? Sem exagerar nada, creio que o interesse que temos nisso é dos mais apreciáveis. Encontrar fora de nós uma marca real de inteligência nos causa uma emoção parecida à de Robinson Crusoe descobrindo uma pegada humana na areia de sua ilha. Parece que não estamos tão sós como acreditávamos. Quando tratamos de dar-nos conta da inteligência das abelhas, estudamos nelas, em definitivo, o mais precioso de nossa substância: um átomo dessa matéria extraordinária que tem a propriedade magnífica de transfigurar as necessidades cegas, de organizar, embelezar e multiplicar a vida, de manter em suspenso, de maneira impressionante, a obstinada força da morte e a grande onda inconsciente que arrebata quase tudo que existe, numa inconsciência eterna.

Se fôssemos os únicos a possuir e manter uma partícula de matéria neste estado particular de floração ou incandescência que chamamos de inteligência, teríamos algum direito a crer-nos privilegiados, imaginar que a Natureza alcança em nós uma espécie de fim. Mas há toda uma categoria de seres, os himenópteros, que alcança um fim quase idêntico. Isto, a rigor, não resolve nada, mas nem por isso o fato deixa de ocupar um honroso posto em meio à multidão de pequenos fatos que contribuem para ver claramente nossa situação na Terra. Há aqui, de um certo ponto de vista, uma contraprova da parte mais indecifrável de nosso ser; superposições de destinos que dominamos de um ponto mais elevado que nenhum dos que alcançaremos para contemplar os destinos do homem. Há aqui, em tamanho menor, grandes e simples linhas que nunca temos ocasião de esclarecer nem seguir até o fim de nossa esfera desmedida. Há aqui o espírito e a matéria, a espécie e o indivíduo, a evolução e a permanência, o passado e o porvir; a vida e a morte, acumulados num recinto que nossa mão pode erguer e que abrangemos de um só golpe de vista; pode-se perguntar se a força dos corpos e o posto que ocupam no tempo e no espaço modificam tanto quanto cremos a ideia secreta da Natureza, que procuramos descobrir na história da colmeia, secular em alguns dias, como na grande história dos homens, dos quais três gerações enchem mais de um século.

XII

Voltemos, pois, à história de nossa colmeia, onde a deixamos, para afastar, tanto quanto possível, uma das dobras da cortina de grinaldas em meio à qual o enxame começa a experimentar esse estranho suor quase tão branco como a neve e mais leve que uma pena. Porque a cera que nasce não se parece com a que todos conhecemos: é imaculada, imponderável; parece verdadeiramente a alma do mel, que é, por sua vez, o espírito das flores, evocada num encantamento imóvel, para converter-se mais tarde em nossas mãos, como recordação, sem dúvida, de sua origem, em que há tanto azul celeste, tantos perfumes, tanto espaço cristalizado, tantos raios sublimados, tanta pureza e tanta magnificência, na fragrante luz de nossos últimos altares.

XIII

É muito difícil seguir as diversas fases da secreção e do emprego da cera num enxame que começa a edificar. Tudo se passa no fundo da multidão, cuja aglomeração, cada vez mais densa, deve produzir a temperatura favorável para essa exudação, que é o privilégio das abelhas mais jovens. Huber, o primeiro que as estudou com uma paciência incrível e à custa de perigos às vezes sérios, consagra a estes fenômenos mais de 250 páginas interessantes, mas necessariamente confusas. Eu, que não faço obra técnica, limitar-me-ei, servindo-me, se preciso, do que ele observou tão bem, ao referir o que pode ver quem recolhe um enxame numa colmeia envidraçada.

Confessemos desde já que não se sabe por que alquimia o mel se transforma em cera no corpo cheio de enigmas de nossas abelhas dependuradas. Nota-se somente que, ao cabo de dezoito e vinte e quatro horas de espera, numa temperatura tão elevada que se diria arder uma chama no oco da colmeia, aparecem escamas brancas e transparentes na abertura de quatro bolsas situadas de cada lado do abdômen da abelha.

Quando a maior parte das que formam o cone invertido têm assim o ventre engalanado de laminazinhas de marfim, vê-se de imediato uma delas, como tocada de súbita inspiração, desprender-se da massa, subir rapidamente pela multidão passiva, até o cimo interior da cúpula, à qual se agarra solidamente, afastando a golpes as vizinhas que estorvam seus movimentos. Colhe com as patas e a boca uma das oito placas de seu ventre, raspa, corta, abranda, amassa com sua saliva, dobra e volta a endireitá-la, aplaina-a e reforma com a habilidade de um carpinteiro que maneja uma tábua maleável. Finalmente, quando a substância assim elaborada parece ter as dimensões e a consistência necessárias, prega-a no mais alto da abóbada, colocando assim a primeira pedra, melhor dizendo, a chave da nova urbe, porque aqui se trata de uma cidade invertida que baixa do céu, em vez de alçar-se do seio da terra, como as cidades humanas.

Feito isto, a arquiteta ajusta à chave outros fragmentos de cera que vai colhendo de sob os anéis de seus tentáculos; dá ao conjunto uma última repassada com a língua e as antenas, e logo, tão bruscamente quanto veio, se retira e se perde entre a multidão.

Imediatamente outra a substitui, continua o trabalho, acrescendo o seu ao começado, retifica o que não parece ao plano ideal da tribo, desaparece por sua vez enquanto uma terceira, uma quarta e uma quinta a sucedem, numa série de aparições inspiradas e súbitas, sem que nenhuma termine a obra, trazendo todas sua parte ao labor unânime.

XIV

Então um pequeno bloco de cera ainda informe pende do mais alto da abóbada. Quando parece bastante grande, se vê surgir do cacho outra abelha, cujo aspecto difere consideravelmente das fundadoras que a precederam. Poder-se-ia crer, ao ver a segurança de sua determinação e a expectativa das que a rodeiam, que é uma espécie de engenheiro iluminado que de pronto marca no vazio o lugar que deve ocupar a primeira célula, da qual dependerão matematicamente os de todas as demais. Em todo caso, esta abelha pertence à classe das escultoras ou cinzeladoras, que não produzem cera e se contentam em lavrar os materiais que lhes são proporcionados. Escolhe, pois, a localização da primeira célula, afunda um momento no bloco, aproximando das margens que se elevam em torno da cavidade a cera que tira do fundo. Logo, como fizeram as fundadoras, abandona seu esboço; uma operária impaciente a substitui e continua sua obra, que uma terceira acabará, enquanto que outras começam em torno delas, seguindo o mesmo método de trabalho interrompido e sucessivo, o trabalho do resto da superfície e do lado oposto da parede de cera. Parece que uma lei essencial da colmeia divide nela o orgulho da tarefa e que toda obra deve ser comum e anônima para que seja mais fraternal.

XV

Logo discernimos o favo que nasce. É ainda lenticular, porque os pequenos tubos prismáticos que o compõem, desigualmente prolongados, se encurtam numa degradação regular do centro para os extremos. Neste momento, tem quase a aparência e a espessura de uma língua humana formada em suas duas faces de células hexagonais justapostas e unidas.

Assim que as primeiras células estejam construídas, as fundadoras fixam na abóbada um segundo e, à medida que o trabalho avança, um terceiro e um quarto bloco de cera. Estes blocos se escalonam a intervalos regulares e calculados, de maneira que quando os favos adquirem toda sua força, o que não sucede senão muito mais tarde, as abelhas têm sempre o espaço necessário para circular entre as paredes paralelas.

É pois necessário que em seu plano prevejam a espessura definitiva de cada favo, que é de 22 ou 23 mm, e ao mesmo tempo a largura das ruas que os separam, que devem ter uns 11 mm de largura; quer dizer, o dobro da altura de uma abelha, posto que terão de passar por entre os favos dando-se as costas.

Não são infalíveis, é claro, e sua certeza não parece mecânica. Em circunstâncias difíceis, cometem por vezes erros de bastante monta. Ocasionalmente, há demasiado espaço entre os favos, ou muito pouco; então remediam da melhor maneira que podem, ora fazendo oblíquo o favo muito próximo, ora intercalando no vazio muito grande um favo irregular. "Enganam-se às vezes — disse a propósito disto Réaumur —, e este é outro dos traços que parecem provar que formam juízos."

XVI

É sabido que as abelhas constróem quatro espécies de células: as régias, que são excepcionais e se parecem a uma bolota; as grandes, reservadas à cria dos zangões e armazenagem de provisões quando há superabundância de flores; as pequenas, que servem de berço às operárias e de armazéns ordinários (costumam ocupar oito décimos da superfície construída da colmeia) e, por último, as de transição, em número suficiente para unir sem desordem as grandes às pequenas. À parte a inevitável irregularidade destas últimas, as dimensões do segundo e do terceiro tipo estão tão bem calculadas que, no momento da implantação do sistema decimal, quando se buscou na Natureza uma medida fixa que pudesse servir de ponto de partida e modelo incontestável, Réaumur propôs o alvéolo da abelha.[2]

Cada um desses alvéolos é um tubo hexagonal posto sobre uma base piramidal; cada favo é formado de duas camadas desses tubos opostos pela base, de tal maneira que cada um dos três rombos que constituem a base piramidal de uma célula do anverso forma ao mesmo tempo a base igualmente piramidal de três células do reverso.

2. Abandonou-se, sem motivos, este modelo. O diâmetro dos alvéolos é de uma regularidade admirável mas, como tudo que é produzido por um organismo vivo, não é *matematicamente* invariável numa mesma colmeia. Ademais, como observa Maurice Girard, as diversas espécies de abelhas têm um apótema de alvéolo diferente, de modo que o modelo seria diferente de colmeia para colmeia, segundo a espécie das abelhas que as habitam.

Nestes tubos prismáticos se armazena o mel. Para evitar que saia durante o tempo de seu amadurecimento, o que sucederia inevitavelmente se estivessem estritamente horizontais, como parecem estar, as abelhas os levantam num ângulo de quatro ou cinco graus. Réaumur, considerando o conjunto desta maravilhosa construção, diz:

"Além da economia de cera que resulta da disposição das células; além de que por meio desta disposição as abelhas enchem o favo sem que nele reste nenhum vazio, há as vantagens relativas à solidez que dá à obra. O ângulo do fundo da célula, o vértice da cavidade piramidal, se acha estribado pela aresta que formam dois lados do hexágono de outra célula. Os dois triângulos, ou prolongamentos dos planos hexagonais que enchem um dos ângulos entrantes da cavidade formada pelos três rombos, formam juntos um ângulo plano por onde se tocam; cada um destes ângulos, que é côncavo no interior da célula, sustém pela parte de sua convexidade uma das paredes empregadas para formar o hexágono de outra célula, e esta parede, que se apoia no dito ângulo, resiste à força que tenderia a empurrá-las para fora; assim os ângulos ficam garantidos. Todas as vantagens que se poderia exigir quanto à solidez de cada células são proporcionadas por sua própria figura e pela maneira de sua disposição em relação umas às outras".

XVII

O dr. Reid diz:

"Os geômetras sabem que não há mais que três classes de figuras adequadas para dividir uma superfície em espaços iguais, de forma regular e do mesmo tamanho, sem interstícios.

"São o triângulo equilátero, o quadrado e o hexágono regular, que, no tocante à construção das células, prevalecem sobre as outras duas figuras pela comodidade e resistência. E as abelhas adotam precisamente a forma hexagonal, como se conhecessem suas vantagens.

"O fundo das células se compõe de três planos que se encontram num ponto. Demonstrou-se que este sistema de construção permite realizar uma economia considerável em trabalho e material. Tratava-se ademais de saber que ângulo de inclinação dos planos corresponde à maior economia, problema de alta matemática que foi resolvido por alguns sábios, entre eles Maclaurin, cuja solução é encontrada na resenha da Real Sociedade de Londres.[3] Pois bem: o ângulo determinado desta maneira pelo cálculo corresponde ao que se mede no fundo dos alvéolos".

XVIII

Não creio que as abelhas se entreguem a esses complicados cálculos, mas tampouco creio que o azar ou somente a força das coisas produza tão admiráveis resultados. Para as vespas, por exemplo, que constróem, como as abelhas, favos de alvéolos hexagonais, o problema era o mesmo e o resolveram de maneira muito menos engenhosa. Seus favos não têm mais que uma camada de células e não possuem o fundo comum que serve a um tempo para duas camadas opostas do favo da abelha. Daí sua menor solidez, maior irregularidade e perda de tempo, material e espaço que representa a quarta parte do esforço e a terça do espaço necessários. Igualmente, as trígonas e as meliponas, verdadeiras abelhas domésticas, mas uma civilização menos adiantada, não constróem sua células de cria mais que sobre uma face, e apoiam seus favos horizontais e superpostos sobre informes e dispendiosas colunas de cera. Quanto às suas células para provisões, são grandes odres reunidos sem ordem e ali, onde pode-

3. Réaumur propôs ao matemático Koenig o seguinte problema: "Entre todas as células hexagonais de fundo piramidal composto de três rombos semelhantes e iguais, determinar a que possa ser construída com menos matéria". Koenig descobriu que tal célula tinha o fundo feito de três rombos, cada um dos ângulos maiores de 190° 26', cada um dos pequenos de 70° 34'. Pois bem, outro sábio, Maraldi, que mediu o mais exatamente possível os ângulos dos rombos construídos pelas abelhas, fixou os maiores em 109° 28' e os menores em 70° 32'. Não havia, pois, entre as duas soluções, mais que uma diferença de 2'. É provável que o erro, se houver, deva ser imputável mais a Maraldi que às abelhas, pois nenhum instrumento permite medir com precisão infalível os ângulos das células não definidos com bastante exatidão.
Outro matemático, Cramer, a quem se apresentara o mesmo problema, deu uma solução que se aproxima ainda mais das abelhas: 109° 28,5' para os ângulos obtusos e 70° 31,5' para os agudos. Maclarin, retificando Koenig, dá 109 28' e 70° 32'. Léon Lalanne, 109° 28' 16"e 70° 31' 44". Veja-se sobre tão discutida questão: Maclaurin. *Philos. Trans. of London, 1743; Brougham. Rech anl. et exper. sur les alv. des ab; Lalanne. Note sur l'Arch, des abeilles; etc.*

riam interceptar-se com uma economia de substância e tempo que as abelhas aproveitam, inserem torpemente entre as esferas outras células de paredes planas. Assim é que, quando se compara um de seus ninhos com a cidade matemática de nossas abelhas, parece-nos ver um casario de choças primitivas ao lado de uma dessas cidades impecavelmente regulares, que são o resultado quiçá sem encantos, mas lógico, do gênio do homem, que luta mais ardentemente que antes contra o tempo, o espaço e a matéria.

XIX

A teoria renovada de Buffon sustenta que as abelhas não têm a menor intenção de fazer hexágonos de base piramidal; que querem simplesmente praticar na cera alvéolos redondos; mas como suas vizinhas, que trabalham na face oposta do favo fazem outro tanto, com as mesmas intenções, os pontos em que os alvéolos se encontram tomam forçosamente a forma hexagonal. Acrescenta que sucede o mesmo com os cristais da neve, com as escamas de certos peixes, com as bolhas de sabão etc., e também na seguinte experiência que propõe: "Encha-se uma vasilha com vagens ou qualquer outro grão cilíndrico e tampe-se bem, depois de ter vertido nela tanta água quando possam receber os interstícios entre os grãos. Coloque para ferver e todos os cilindros se transformarão em colunas de seis lados. A razão é puramente mecânica: cada vagem cilíndrica tende, por seu inchaço, a ocupar o maior espaço possível num espaço dado; todos se tornam, pois, hexagonais pela compressão recíproca. Cada abelha procura ocupar também o maior espaço possível num espaço dado; é pois necessário igualmente, posto que o corpo das abelhas é cilíndrico, que suas células sejam hexagonais pela mesma razão dos obstáculos recíprocos".

XX

Eis aqui obstáculos recíprocos que produzem uma maravilha, como os vícios dos homens, pela mesma razão, produzem uma virtude geral, suficiente para que a espécie humana, amiúde odiosa em seus indivíduos, não o seja em conjunto. Logo se poderia objetar, como o fizeram Broughman, Kirby, Spence e outros sábios, que as experiências das bolhas de sabão e das ervilhas não provam nada, porque num e noutro caso o efeito da pressão não produz senão formas muito irregulares e não explica a razão de ser do fundo prismático das células.

Poder-se-ia contestar, sobretudo, que há mais de uma maneira de tirar partido das necessidades cegas; que a vespa cartoneira, o besouro peludo, as meliponas e as trígonas do México e do Brasil, mesmo que as circunstâncias e o fim sejam iguais, chegam a resultados muito diferentes e, sob todos os aspectos, inferiores. Poder-se-ia dizer também que se as células da abelha se dirigem pela lei dos cristais da neve, das bolhas de sabão ou das ervilhas fervidas de Buffon, obedecem ao mesmo tempo, por sua simetria geral, por sua disposição sobre duas camadas opostas, por sua inclinação calculada etc., a muitas outras leis que não se encontram na matéria.

Acrescente-se que todo o gênio do homem está também na maneira como tira partido de necessidades análogas; que se esta maneira nos parece a melhor possível, é porque não há juiz superior a nós. Mas convém que os raciocínios emudeçam ante os fatos; para rechaçar uma objeção tirada de uma experiência nada vale tanto como outra experiência.

A fim de certificar-me que a arquitetura hexagonal se achava realmente inscrita no espírito da abelha, cortei e deixei um dia, no centro de um favo e num lugar onde havia a um tempo ninhada e células cheias de mel, um disco do diâmetro de uma moeda de prata de cinco francos. Partindo o disco pela metade da espessura de sua circunferência, por onde se uniam as bases piramidais das células, apliquei sobre as bases de uma das duas seções assim obtidas uma rodela de estanho de igual diâmetro e bastante resistente para que as abelhas não pudessem deformá-la nem torcê-la. Logo voltei a colocar em seu lugar a seção provida da rodela. Uma das faces do favo não oferecia nada de anormal, porque o dano ficava reparado, mas na outra se via uma espécie de grande furo, cujo fundo estava formado pela rodela de estranho, que ocupava o espaço de 30 células. As abelhas logo ficaram desconcertadas, acudiram em massa a estudar o abismo impossível e, durante vários dias, se agitaram ao redor e deliberaram sem chegar a um acordo. Mas como eu as alimentava abundantemente todas as tardes, chegou um momento em que não houve mais células disponíveis para armazenar sua provisões. É provável então que as engenheiras, as escultoras e as cereiras escolhidas tenham recebido a ordem de tirar partido do abismo inútil.

Uma pesada grinalda de cereiras o rodeou para manter o calor necessário; outras abelhas baixaram ao fosso e começaram por fixar solidamente a rodela de metal por meio de pequenos garfos de cera, escalonados com regularidade sobre seu perímetro e grudados à arestas das células circundantes. Então começaram a construção de três ou quatro alvéolos, unindo-os aos garfos, no semicírculo superior da rodela. Cada um destes alvéolos de transição ou de reparo tinha sua parte de cima mais ou menos deformada para soldar-se à célula contígua do favo; mas sua parte de baixo apresentava sempre sobre o estanho três ângulos muito marcados, dos quais partiam três pequenas linhas retas que esboçavam com regularidade a primeira metade do alvéolo seguinte.

Ao cabo de quarenta e oito horas, mesmo não podendo trabalhar na abertura mais que três ou quatro abelhas de cada vez, a superfície do estanho estava coberta de alvéolos esboçados. Estes alvéolos eram menos regulares que os de um favo comum; por isso, a rainha, depois de tê-los percorrido, negou-se prudentemente a desovar neles, pois não poderia sair dali senão uma geração atrofiada. Não obstante, eram perfeitamente hexagonais; não havia neles uma linha curva, nem uma forma, nem um ângulo arredondados. Com efeito, todas as condições habituais tinham mudado; as células não foram feitas num bloco, segundo a observação de Huber, ou num capuz de cera, segundo a de Darwin, circulares a princípio e logo hexagonadas pela pressão de suas vizinhas. Não se podia tratar de obstáculos recíprocos, postos que nasciam uma a uma e projetavam livremente sobre uma espécie de tábula as pequenas linhas iniciais. Parece pois indubitável que o hexágono não é o resultado de necessidades mecânicas, mas encontra-se verdadeiramente no plano, na experiência, na inteligência e na vontade da abelha. Outra traço curioso de sua sagacidade, que observo de passagem, é que os recortes que construíram sobre a rodela não tinham outro fundo que não o próprio metal. As engenheiras do esquadrão presumiam evidentemente que o estanho bastaria para reter os líquidos e consideraram inútil revesti-lo de cera. Mas pouco depois, tendo posto algumas gotas de mel em duas destas vasilhas, notaram provavelmente que se alterava um pouco ao contato com o metal. Mudando então de ideia, recobriram com uma espécie de verniz diáfano toda a superfície de estanho.

XXI

Se quiséssemos esclarecer os segredos desta arquitetura geométrica, deveríamos examinar mais de uma questão interessante. Por exemplo: a forma das primeiras células que se grudam ao teto da colmeia e se modifica de maneira que os favos toquem este teto no maior número possível de pontos.

Seria preciso notar também não tanto a orientação das grandes ruas, determinada pelo paralelismo dos favos, como a disposição das ruelas e passagens dispostas aqui e acolá através ou em torno dos próprios favos para assegurar o trânsito e a circulação do ar, habilmente distribuídos a fim de evitar grandes rodeios ou uma aglomeração excessiva. Haveria que estudar, enfim, a construção das células de transição, o instinto unânime que impele as abelhas a aumentar, num momento dado, as dimensões de suas moradas, quer porque a colheita extraordinária exige maiores depósitos, quer porque julgam a população bastante forte ou porque o nascimento de zangões se faz necessário. Haveria que admirar ao mesmo tempo a economia engenhosa e a harmônica certeza com que passam, em tais casos, do pequeno ao grande ou do grande ao pequeno, da simetria perfeita a uma assimetria inevitável, para voltar, assim que o permitam as leis de uma geometria animada, à regularidade ideal, sem que se desperdice uma célula, sem que haja em seus edifícios um só bairro sacrificado, pueril, indeciso ou bárbaro, uma zona inutilizável. Mas receio já ter-me engolfado em muitos detalhes desprovidos de interesse para um leitor que não se tenha fixado nunca nas abelhas ou só se tenha interessado por elas de passagem, como qualquer um de nós pode se interessar ao acaso por uma flor, um pássaro, uma pedra preciosa, sem pedir mais que uma distraída certeza superficial; e sem pensar o suficiente como o menor segredo de um objeto que vemos na natureza que não é humana toma quiçá parte mais direta no profundo enigma de nossos fins e de nossas origens que os segredos de nossas paixões mais arrebatadoras e mais exaustivamente estudadas.

XXII

A fim de não sobrecarregar meu estudo, prescindo igualmente do assombroso instinto das abelhas, que às vezes faz adelgaçar ou demolir a extremidade de seus favos quando querem prolongá-los ou alargá-los; sem dúvida, há de se convir que demolir para reconstruir, desfazer o feito para refazê-lo com mais regularidade supõe um singular desenvolvimento do cego instinto de edificar. Prescindo também de notáveis experiências que se podem fazer para obrigá-las a construir favos circulares, ovalados, tubulares ou caprichosamente torcidos, e da maneira engenhosa com que conseguem fazer corresponder as células aumentadas das partes convexas com as células estreitadas das partes côncavas do favo.

Mas antes de abandonar este assunto, detenhamo-nos, mesmo que por um momento, a considerar a misteriosa maneira como organizam seu trabalho e tomam suas medidas quando esculpem ao mesmo tempo, sem ver-se, as duas faces opostas de um favo. Observando por transparência um desses favos, notaremos, desenhados por nítidas sombras na cera diáfana, uma rede de prismas com as arestas tão claras, um sistema de concordâncias tão infalíveis, que parecem estampados em aço.

Não sei se os que já viram o interior de uma colmeia imaginam suficientemente a disposição e o aspecto dos favos. Que imaginem (e tomaremos por modelo a colmeia dos camponeses, onde a abelha se encontra entregue a si mesma) uma campânula de palha ou vime; esta campânula se acha dividida, de alto a baixo, por cinco, seis, oito e às vezes dez pranchas de cera perfeitamente paralelas e bastante parecidas com grandes fatias de pão que baixam do alto da campânula e se adaptam estritamente à forma ovóide de suas paredes. Entre cada uma destas pranchas, o muro de cera, que é seu esboço e que será adelgaçado e estirado mais tarde, é ainda muito espesso e isola completamente as cinquenta ou sessenta abelhas que trabalham na face anterior das cinquenta ou sessenta que cinzelam ao mesmo tempo sua face posterior, de modo que é impossível que se vejam mutuamente, a menos que seus olhos tenham o dom de penetrar os corpos mais opacos. Sem dúvida, uma abelha da face anterior não faz um só furo, não acrescenta um fragmento de cera que não corresponda exatamente a um relevo ou a uma cavidade da face posterior, e vice-versa. Como se arranjam para fazer isto? Como é que uma não afunda demasiado, nem outra muito pouco?

Como todos os ângulos dos rombos coincidem sempre tão magicamente? Quem lhes disse que comecem aqui e terminem ali? Precisamos contentar-nos uma vez mais com a resposta que nada resolve: "É um dos mistérios da colmeia". Huber já tentou explicar este mistério dizendo que a certos intervalos, mediante a pressão de suas patas ou de seus dentes, as abelhas provocavam quiçá um ligeiro relevo na face oposta do favo; ou que percebiam a espessura maior ou menor do bloco pela flexibilidade, elasticidade ou outra propriedade física da cera; ou que suas antenas parecem prestar-se ao exame das partes mais finas e salientes dos objetos e lhes servem de compasso no invisível; ou que a relação de todas as células provém matematicamente da disposição e das dimensões das da primeira fila, sem necessidade de outras medidas. Evidencia-se que tais explicações não são suficientes: as primeiras resultam ser hipóteses de impossível comprovação; as outras mudam simplesmente de lugar o mistério. E se é bom mudar os mistérios de lugar com a maior frequência possível, não há que presumir que uma mudança de lugar baste para destruí-los.

XXIII

Abandonemos por fim as planícies monótonas e o deserto geométrico das células. Os favos se fazem habitáveis. Mesmo que o infinitamente pequeno se acrescente, sem esperança aparente, ao infinitamente pequeno, e nossos olhos, que veem tão pouca coisa, olhem sem nada ver, a obra de cera, que não se detém nem de dia nem de noite, se estende com uma rapidez extraordinária. A rainha, impaciente, já percorreu mais de uma vez as obras que branqueiam na obscuridade, e agora que as primeiras linhas de habitações estão terminadas, toma posse delas com seu cortejo de guardas, conselheiras ou serventes, pois não é fácil dizer se é conduzida ou escoltada, venerada ou vigiada. Ao chegar ao ponto que julga favorável, ou que suas conselheiras lhe impõem, contrai a espádua, se encurva e introduz a extremidade de seu grande abdômen afuselado num dos alvéolos virgens, enquanto que todas as cabecinhas atentas, as cabecinhas com enormes olhos negros das guardas de sua escolta, a encerram num círculo apaixonado, lhe sustentam as patas, lhe acariciam as asas e agitam sobre ela suas febris antenas, como que para dar-lhe alento, premiá-la e felicitá-la.

Conhece-se facilmente o local onde ela se encontra por essa espécie de divisa estrela, ou por um broche ovalado de que ela é o topázio central e que se parece bastante com os imponentes broches que nossas avós ostentavam. É de notar, como notamos agora que se apresenta a ocasião, que as operárias evitam sempre dar as costas à rainha. Assim que esta se acerca de um grupo, todas se alinham para apresentar-lhe invariavelmente os olhos e as antenas; em sua presença, só andam para trás. É um sinal de respeito, ou melhor, de solicitude que, por inverossímil que pareça, não deixa de ser constante e geral. Mas voltemos à nossa soberana. Amiúde, durante o ligeiro espasmo que visivelmente acompanha a emissão do ovo, uma de suas filhas a abraça de frente, boca contra boca, parecendo murmurar-lhe. Ela, bastante indiferente a esses testemunhos algo desenfreados, o aceita com calma, sem emocionar-se muito, totalmente entregue à sua missão, que parece ser mais uma voluptuosidade amorosa que um trabalho. Por fim, ao cabo de alguns segundos, se recompõe com calma, avança um passo, dá meia volta sobre si mesma e, antes de introduzir a ponta de seu ventre, põe a cabeça na célula vizinha a fim de certificar-se de que tudo está em ordem e que não porá duas vezes num mesmo alvéolo, enquanto duas ou três abelhas da zelosa escolta entram sucessivamente na célula abandonada, para ver se a tarefa foi cumprida e rodear de cuidados ou pôr em bom lugar o ovinho azulado que acaba de depositar nela. A partir de então, até os primeiros dias do outono, a rainha não repousa: põe ovos enquanto a alimentam e dorme — se é que dorme — pondo ovos. A partir daquele momento, representa o poder devorador do porvir que invade as fronteiras do reino. Segue passo a passo as infelizes operárias que se extenuam construindo os berços que exige a sua fecundidade. Assiste-se assim a um concurso de dois poderosos instintos, cujas peripécias demonstram, se não os resolvem, vários enigmas da colmeia.

Sucede, por exemplo, que as operárias ganham certa vantagem. Obedecendo a seus cuidados de boas governantas que pensam nas provisões dos dias difíceis, se apressam em encher de mel as células conquistadas pela avidez da espécie. Mas a rainha se aproxima; é preciso que os bens materiais retrocedam ante a ideia da Natureza, e as operárias, desconcertadas, mudam apressadamente de local o tesouro inoportuno.

Também pode acontecer que avance um favo inteiro. Então, não tendo à vista a que representa a tirania dos dias que ninguém verá, aproveitam a ocasião para construir o mais depressa possível uma zona de grandes células, células para zangões, cuja construção é muito mais fácil e rápida. Ao chegar a esta zona ingrata, a rainha deposita nela, de má vontade, alguns ovos, passa ao largo e exige às suas margens novas células de operárias. As trabalhadoras obedecem, estreitam gradualmente os alvéolos; a procissão é retomada até que a insaciável mãe, praga fecunda e adorada, volta dos extremos da colmeia à células do princípio, abandonadas entrementes pela primeira geração que acaba de nascer, e que logo, desse rincão de sombra em que veio à vida, vai dispersar-se sobre as flores dos arredores, a povoar os raios do sol e animar as horas propícias, para sacrificar-se por sua vez à geração que já a substitui no berço.

XXIV

E a abelha rainha, a quem obedece? À comida que lhe dão, por que não toma por si mesma seu alimento; é alimentada como uma criança pelas mesmas operárias a quem a sua fecundidade abate de fadiga. E por sua vez, essa comida que as operárias lhe proporcionam guarda relação com a abundância das flores e com a colheita que trazem as sugadoras dos cálices. Aqui, pois, como em todo lugar, uma parte do círculo está desaparecida nas trevas; aqui, como em todo lugar, a ordem suprema vem de fora, de um poder desconhecido, e as abelhas se submetem, como nós, ao amo anônimo da roda que gira sobre si mesma aplastando as vontades que a fazem girar.

Alguém a quem eu ensinava recentemente, numa de minha colmeias de vidro, o movimento dessa roda tão visível como a roda principal de um relógio; alguém que via às claras a agitação inumerável dos favos, a ciranda perpétua, enigmática e louca das nutrizes sobre os berços da ninhada, as pontes e escadas vivas que as cereiras formam, as espirais invasoras da rainha, a atividade diversa e incessante da multidão, o esforço desapiedado e inútil, as idas e vindas com um ardor febril, o sonho ignorado fora dos berços que já entrevê o trabalho de amanhã, o próprio repouso da morte, afastado de uma residência que não admite enfermos nem tubas; alguém que contemplava estas coisas, uma vez passado o assombro, não tardou em afastar a vista, na qual se lia não sei que triste espanto.

Há, com efeito, na colmeia, debaixo da alegria do primeiro aspecto, das brilhantes recordações dos dias bonitos que a enchem e a transformam num cofrezinho de joias do verão, do movimento embriagador que a une às flores, às águas vivas, ao azul do céu, à abundância tão aprazível de quanto representa a beleza e a felicidade; há, com efeito, debaixo dessas delícias exteriores, um espetáculo dos mais tristes que se pode ver. E nós, cegos que não abrimos mais que olhos obscurecidos quando contemplamos as inocentes condenadas, sabemos muito bem que não são só elas que estão a ponto de inspirar-nos compaixão, que não são só elas que não compreendemos, mas uma forma patética da grande força que nos anima e nos devora também.

Sim, se assim o quiser, isto é triste, como tudo é triste na Natureza, quando observado de perto. Acontecerá assim enquanto não saibamos de seu segredo, se é que tem algum. E se algum dia averiguarmos que não tem nenhum, ou que o que possui é horrível, então nascerão outros deveres que talvez ainda carecem de nome. Enquanto isso, que nosso coração repita, se quiser: "Isso é triste", enquanto nossa razão se contenta em dizer: "Isso é assim". Nosso dever atual está em averiguar se há algo por detrás dessas tristezas; para isso não se deve afastar a vista delas, mas contemplá-las fixamente e estudá-las com tanto interesse e valor como se fossem alegrias. É justo que antes de queixar-nos, antes de julgar a Natureza, acabemos de interrogá-la.

XXV

Vimos que as operárias, assim que não se sentem apertadas tão urgentemente pela ameaçadora fecundidade da mãe, se apressam em fabricar células para provisões, cuja construção é mais econômica e de maior capacidade. Vimos, por outro lado, que a mãe prefere desovar nas células pequenas, e que as reclama sem cessar. Sem dúvida, na falta delas, e enquanto são feitas, se resigna a depositar ovos nas largas células que encontra em sua passagem.

As abelhas que nascerão destes ovos serão machos ou zangões, mesmo que os ovos sejam inteiramente iguais àqueles de onde nascem as operárias. Muito bem: ao inverso do que sucede na transformação de uma operária em rainha, não é a forma ou a capacidade do alvéolo o que determina esta mudança, pois de um ovo posto numa célula grande e transportado logo a uma célula de operária sairá (e consegui operar quatro ou cinco vezes esse traslado, bastante difícil por causa da pequenez microscópica e extrema fragilidade do ovo) um macho mais ou menos atrofiado, mas incontestável. É preciso, pois, que a rainha, ao desovar, tenha a faculdade de reconhecer ou determinar o sexo do ovo que põe e adequá-lo ao alvéolo. É raro que se equivoque. Como o faz? Como, entre as miríades de ovos que seus dois ovários contêm, separa os machos das fêmeas, e como baixam, a seu capricho, ao oviduto único?

Eis-nos aqui em presença de outro dos enigmas da colmeia, um dos mais impenetráveis. Não se ignora que a rainha virgem não é estéril, mas que não pode pôr senão ovos de machos. Só depois da fecundação do voo nupcial produz à vontade operárias ou zangões. Em consequência do voo nupcial se acha definitivamente de posse, até sua morte, dos espermatozóides arrancados a seu infeliz amante. Estes espermatozóides, cujo número o doutor Leuckart estima em 25 milhões, se conservam vivos numa glândula especial situada debaixo dos ovários, na entrada do oviduto comum, chamada espermateca. Supõe-se, pois, que a estreiteza do orifício das células pequenas e a maneira como a forma desse orifício obriga a rainha a encurvar-se e agachar-se exerce sobre a espermateca certa pressão, em resultado da qual os espermatozóides saem dela e, ao passar, fecundam o ovo. Esta pressão não teria efeito nas células grande, e a espermateca não se entreabriria. Outros, pelo contrário, opinam que a rainha comanda realmente os músculos que abrem ou fecham a espermateca sobre a vagina (efetivamente este músculos são extremamente numerosos, fortes e complicados). Sem querer decidir qual das duas hipóteses seja a correta, pois quanto mais se observa melhor se vê que não somos mais que um náufrago no oceano até aqui muito desconhecido da Natureza e melhor se averigua que um fato sempre pode surgir do seio de uma onda, de súbito mais transparente, que destrói num instante o que acreditava saber, confessarei que me inclino para a segunda hipótese. As experiências de um apicultor bordelês, M. Drory, demonstram que se tirarmos da colmeia as células grandes, a mãe, uma vez chegado o momento de pôr ovos de machos, não vacila em pô-los dentro de células de operárias e, inversamente, porá ovos de operárias dentro de células de machos, se não tiver outras à sua disposição.

Assim sendo, as belas observações de Fabre sobre as osmías, que são abelhas silvestres e solitárias da família das gastrilégidas, provam que não somente a osmía conhece de antemão o sexo do ovo que vai pôr, mas que este sexo é facultativo para a mãe, que o determina segundo o espaço de que dispõe, "espaço frequentemente fortuito e não modificável", estabelecendo aqui um macho e ali uma fêmea. Não entrarei no detalhe das experiências do grande entomólogo francês. São ao extremo minuciosas e nos levariam demasiado longe. Mas qualquer que seja a hipótese aceita, uma ou outra explicaria muito bem, fora de toda inteligência do futuro, a propensão da rainha desovar nas células das operárias.

É provável que esta mãe escrava que nos inspira compaixão, quiçá uma apaixonada do amor, uma voluptuosa, experimenta na união do princípio macho e fêmea que se opera em seu ser um certo prazer e como que um ressaibo da embriaguez do voo nupcial, único em sua vida. Nisto também a Natureza, que nunca é tão engenhosa nem tão dissimuladamente previsora e diversa como quando se trata das armadilhas do amor, deve escorar com um desejo o interesse da espécie. Mas entendamos bem e não sejamos vítimas cândidas de nossa explicação. Atribuir assim uma ideia à Natureza e crer que basta, é jogar uma pedra num abismo inexplorável, encontrado no fundo de certas grutas, e imaginar que o ruído que produzirá ao cair nele responderá nossas perguntas e nos revelará algo além da imensidão do abismo.

Quando se repete: "a Natureza quer isto, organiza esta maravilha, procura este fim", equivale a dizer que uma pequena manifestação de vida consegue manter-se, enquanto nos ocupamos dela, sobre a enorme superfície da matéria que nos parece inativa e que chamamos, evidentemente sem razão, o nada ou a morte. Um concurso de circunstâncias que nada tinha de necessário manteve tal manifestação entre outras mil, quiçá tão interessantes e tão inteligentes, mas que não tiveram a mesma sorte e desapareceram para sempre sem ter tido a ocasião de maravilhar-nos. Seria temerário afirmar outra coisa, e tudo o mais, nossas reflexões, nossa teologia obstinada, nossas esperanças e nossas admirações, no fundo são coisas desconhecidas, que fazemos chocar contra algo menos conhecido ainda, para fazer um pequeno ruído que nos dá consciência do mais alto grau da existência particular que podemos alcançar nessa mesma superfície muda e impenetrável, como o canto do rouxinol e o voo do condor revelam-lhes também o mais alto grau da existência característica de sua espécie. Afinal de contas, um de nossos deveres mais inegáveis é o de produzir esse pequeno ruído cada vez que a ocasião se nos apresenta, sem desanimarmos porque seja, provavelmente, inútil.

LIVRO QUARTO

AS RAINHAS JOVENS

I

Fechemos agora nossa jovem colmeia, na qual a vida, reatando seu movimento circular, se manifesta e se multiplica, para dividir-se por sua vez quando alcançar a plenitude da força e da felicidade. Vamos abrir pela última vez a colmeia-mãe a fim de ver o que se passa nela desde a saída do enxame.

Acalmado o tumulto da partida e abandonada para sempre pelas duas terças partes de suas filhas, a infeliz colmeia é como um corpo que perdeu seu sangue: está cansada, deserta, quase morta. É claro que ficaram nela algumas centenas de abelhas, que, sem transtorno, mas com alguma languidez, reencentam o trabalho, substituem o melhor que podem as ausentes, limpam os sinais da orgia, encerram as provisões entregues ao saque, vão às flores, velam pelo depósito do porvir, conscientes da missão e fiéis ao dever que um destino preciso lhes impõe.

Mas se o presente parece triste, tudo o que a vista encontra está povoado de esperanças. Achamos-nos num desses castelos das lendas alemãs, onde as paredes se compõem de milhares de frascos que contêm as almas dos homens que vão nascer. Encontramo-nos na morada da vida que precede a vida. Há aqui, em suspenso, dentro de berços bem fechados, na superposição infinita dos alvéolos de seis faces, miríades de ninfas, mais brancas que o leite, que com os braços dobrados e a cabeça inclinada sobre o peito esperam a hora de despertar. Ao vê-las em suas sepulturas uniformes, inumeráveis e quase transparentes, diríamos serem gnomos encanecidos que meditam ou legiões de virgens deformadas pelas dobras do sudário e sepultadas em prismas hexagonais multiplicados até o delírio por um geômetra inflexível.

Sobre a extensão desses muros perpendiculares que encerram um mundo que cresce, se transforma, dá voltas sobre si mesmo muda quatro ou cinco vezes de roupagem e fia sua mortalha na sombra, batem as asas e dançam centenas de operárias para manter o calor necessário e também para um fim mais obscuro, pois sua dança tem volteios extraordinários e metódicos que devem responder a algum objetivo que, segundo creio, nenhum observador pôs às claras.

Ao cabo de alguns dias, as tampas dessas milhares de urnas (numa colmeia grande se contam de 70 a 80.000) se abrem e aparecem dois grandes olhos negros e graves, dominados por antenas que já apalpam a existência ao redor, enquanto ativas mandíbulas acabam de ampliar a abertura. Em seguida acodem as nutrizes, que ajudam à jovem abelha a sair de sua prisão, a sustentam, alisam, limpam e oferecem na extremidade da língua o primeiro mel de sua nova vida. Como chega de outro mundo, se acha ainda aturdida, um pouco pálida, vacilante. Tem o ar enfraquecido de um velho que escapou da tumba. Diríamos ser uma viajante coberta do pó das estradas desconhecidas que conduzem ao nascimento. No mais, é perfeita dos pés à cabeça, sabe imediatamente o que deve saber e, como esses filhos da plebe que percebem, por assim dizer, logo que nascem, que terão pouco tempo para brincar e rir, se dirige para as células fechadas e se põe a bater as asas e agitar-se cadenciadamente para aquecer, por sua vez, às irmãs sepultadas, sem deter-se para decifrar o assombroso enigma de seu destino e de sua raça.

II

Por certo, são-lhe poupados de início os trabalhos cansativos. Não sai da colmeia senão oito dias depois de seu nascimento, para realizar seu primeiro *voo de limpeza* e encher de ar seus sacos traqueais, que cheios aumentam todo seu corpo e a tornam, a partir deste momento, a esposa do espaço. Volta logo, espera outra semana, e então se organiza, em companhia de suas irmãs de mesma idade, sua primeira saída de coletora, em meio a uma agitação muito especial que os apicultores chamam *sol de artífice*. Mais apropriado seria chamá-la *sol da inquietude*. Vê-se, de fato, que têm medo; filhas da sombra estreita e da multidão, têm medo do abismo azulado e da solidão infinita da luz, sua alegria vacilante está cheia de terrores. Passeiam pelo umbral, indecisas; partem e voltam vinte vezes. Penetram o ar, com a cabeça obstinadamente voltada para a casa natal, descrevem grandes círculos que se elevam e caem, de súbito, sob o peso de uma pena; seus 13.000 olhos interrogam, refletem e retêm a um tempo as árvores, a fonte, as esquadrias, os umbrais, os tetos e as janelas dos arredores, até que a rota aérea pela qual se dirigirão esteja gravada em sua memória tão inflexivelmente como se dois traços de aço a marcassem no éter.

Eis aqui um novo mistério. Se como os demais ele não for revelador, seu silêncio aumentará ao menos em algumas áreas nebulosas, mas semeadas de boa vontade, o campo de nossa ignorância consciente, que é o mais fértil que nossa atividade possui. Como as abelhas voltam a encontrar sua morada, que às vezes lhe é impossível ver, amiúde oculta debaixo das árvores, e cuja entrada, em todo caso, não é mais que um ponto imperceptível na extensão sem limites? Como é que, trasladadas numa caixa a dois ou três quilômetros da colmeia, é extremamente raro que se extraviem?

Conseguem ver através dos obstáculos? Orientam-se por pontos de referência ou possuem esse sentido particular e mal conhecido que atribuímos a certos animais, às andorinhas e às pombas, por exemplo, e que chamam *sentido de orientação*? A experiência de J. H. Fabre, de Lubbock e sobretudo as de Romanes (Nature, 29 de outubro de 1886) parecem estabelecer que esse instinto estranho as guia. Por outro lado, observei mais de uma vez que não fixam muito sua atenção na forma ou na cor da colmeia. Parecem fixar-se mais no aspecto habitual da plataforma em que se assenta sua casa, na disposição da entrada *da tabuinha de abordagem.* [1] Mas mesmo isto é acessório. Se durante a ausência das coletoras modificarmos totalmente a fachada de sua casa, não deixarão de vir em direção a ela desde as profundezas do horizonte, e só manifestarão alguma vacilação no momento de passar o umbral desconhecido. Seu método

1. *A tabuinha de abordagem*, que não costuma ser mais que a prolongação do *tabuleiro* sobre o qual está colocada a colmeia, forma uma espécie de meseta ou descanso diante da entrada principal.

de orientação, a julgar por nossas experiências, parece mais ter por base uma série de pontos de referência extraordinariamente minuciosos e precisos. O que elas reconhecem a três ou quatro quilômetros de distância não é a colmeia, mas sua situação em relação aos objetos dos arredores. E a maneira de orientar-se é tão maravilhosa e tão matematicamente segura, os pontos de orientação ficam tão profundamente gravados em sua memória, que depois de invernar cinco meses numa cova escura, se se volta a colocar a colmeia sobre sua plataforma, mas um pouco mais à direita ou à esquerda de onde estava, todas as abelhas, à volta das primeiras flores, abordarão com um voo imperturbável e retilíneo o ponto preciso que ocupava no ano anterior, só a tentativas acabarão encontrando a nova porta. Dir-se-ia que o espaço conservou preciosamente durante todo o inverno a marca indelével de suas trajetórias, e que seu pequeno rastro laborioso ficou gravado no céu.

Quando se muda uma colmeia de lugar se perdem muitas abelhas, a menos que se trate de uma grande viagem e que todo o panorama que conhecem perfeitamente até três ou quatro quilômetros à volta seja transformado, ou a menos também que não se tome a precaução de pôr uma tabuinha, um pedaço de telha, um obstáculo qualquer diante dos furos chamados de *voo*, que lhes advirta que há alguma mudança e lhes permita orientar-se de novo.

III

Isto dito, entremos na cidade que se repovoa, onde a multidão de berços não cessa de abrir-se, onde a substância dos muros se põe em movimento. Sem dúvida, esta cidade ainda não tem rainha. Às margens de um dos favos do centro se erguem sete ou oito edifícios raros que recordam, em meio à planura acidentada das células ordinárias, as protuberâncias e vales circulares que fazem tão estranhas as fotografias da lua. São uma espécie de cápsulas de cera rugosa ou pelotas inclinadas perfeitamente fechadas, que ocupam o lugar de três ou quatro alvéolos de operárias. Estão habitualmente agrupadas num mesmo ponto, uma guarda numerosa e singularmente inquieta e atenta vigia a região onde flutua não sei que importância. Ali se formam as mães. Em cada uma destas cápsulas, antes da partida do enxame, um ovo, inteiramente igual aos ordinários de que nascem as operárias, foi posto, quer pela mãe, mais provavelmente pelas nutrizes, que o trasladam dali de algum berço vizinho, mesmo que isto não se tenha podido averiguar com certeza.

Três dias depois sai do ovo uma pequena larva, à qual se serve um alimento especial e o mais abundante possível; e aqui podemos seguir todos os movimentos de um desses métodos magnificamente vulgares da Natureza, que definiríamos, se se tratasse dos homens, com o nome augusto de *fatalidade*. A pequena larva, graças a este regime, adquire um desenvolvimento excepcional, e suas ideias, ao mesmo tempo que seu corpo, se modificam, ao extremo que a abelha que dela nasce parece pertencer a uma raça de insetos inteiramente diferente.

Viverá quatro ou cinco anos, ao invés de seis ou sete semanas. Seu abdômen será duas vezes maior, sua cor mais dourada e mais clara, seu ferrão encurvado. Seus olhos não terão mais que 8 ou 9.000 facetas em vez de 12 ou 13.000. Seu cérebro será mais estreito, mas seus ovários se tornarão enormes e possuirão um órgão especial, a espermateca, que a fará, por assim dizer, hermafrodita. Não terá nenhum das ferramentas de uma vida laboriosa: nem bolsinhas para segregar cera, nem lâminas, nem cestas para coletar o pólen. Não terá nenhum dos costumes e paixões que cremos inerentes à abelha. Não experimentará nem o desejo do sol nem a necessidade de espaço, e morrerá sem ter visitado uma flor. Passará sua existência na sombra, longe da agitação da multidão, infatigavelmente em busca de berços que povoar. Em troca, será a única a conhecer a inquietude do amor. Não terá certeza de ter dois momentos de luz em sua vida — pois a saída do enxame não é inevitável —, quiçá não fará uso mais que uma vez de suas asas, mas será para ir ao encontro de seu amante. É curioso ver que tantas coisas, tantos órgãos, tantas ideias, tantos desejos, tantos hábitos, todo um destino, se acham ali em suspenso, não em uma semente — isto seria o milagre ordinário de uma planta, do animal e do homem —, mas numa substância estranha e inerte: numa gota de mel.[2]

2. Certos apidólogos sustentam que operárias e rainhas, depois da saída do ovo, recebem o mesmo alimento, uma espécie de leite muito rico em nitrogênio, que uma glândula especial na cabeça das nutrizes segrega. Mas ao cabo de alguns dias, as larvas das operárias são desmamadas e submetidas ao regime mais grosseiro, de mel e pólen, enquanto que a futura rainha é alimentada até seu desenvolvimento completo com a preciosa geleia real. Seja como for, o resultado e o milagre são iguais.

IV

Transcorreu cerca de uma semana desde a partida da rainha velha. As ninfas reais que dormem na cápsulas não são todas da mesma idade, porque interessa às abelhas que os nascimentos de princesas se sucedam à medida que decidam se sairá da colmeia um segundo, terceiro e até um quarto enxame. Desde há algumas horas adelgaçaram gradativamente as paredes da cápsula mais madura; logo a jovem rainha, que por dentro roía ao mesmo tempo a tampa arredondada, assoma a cabeça, tira metade do corpo, com a ajuda das guardiãs que a acodem, escovam, limpam e acariciam; então sai e dá os primeiros passos pelo favo. Como as operárias que acabam de nascer, está pálida e vacila, mas ao cabo de uns dez minutos, sua patas se firmam e, inquieta, dando-se conta de que não está só, de que necessita conquistar um reino, de que há pretendentes ocultos em alguma parte, percorre as paredes de cera em busca de suas rivais. Aqui intervém a prudência, as decisões misteriosas do instinto, do espírito da colmeia ou da assembleia das operárias. O mais surpreendente, quando se segue com a vista a marcha destes acontecimentos, numa colmeia de vidro, é que não se sabe de antemão o que todas as demais pensarão. Reina unanimidade preestabelecida: é a atmosfera da cidade, cada abelha parece saber antecipadamente o que pensarão todas as demais. Na certa, o momento para elas é dos mais graves: é, propriamente dito, o minuto vital da colmeia. Têm de escolher entre três ou quatro determinações que terão consequências remotas totalmente diferentes, que a menor vacilação pode fazer funestas. Têm que conciliar a paixão ou o dever inato da multiplicação da espécie com a conservação do trono e seus rebentos. Às vezes se equivocam, lançando sucessivamente três ou quatro enxames e esgotando completamente a cidade-mãe, e que, demasiado débeis para organizar-se rápido o suficiente, surpreendidos pelo clima, que não é o seu de origem, do qual as abelhas guardam a recordação apesar de tudo, sucumbem à entrada do inverno. Então são vítimas do que se chama *febre de enxameamento*, que é, como a febre ordinária, uma espécie de reação demasiado ardente da vida, reação que passa dos limites, fecha o círculo e encontra a morte.

V

Nenhuma das decisões que vão tomar parece impor-se, e o homem, se permanece simplesmente espectador, não pode prever qual elegerão. Mas o que indica que essa eleição é sempre arrazoada é que podemos exercer influência sobre ela e até determiná-la, modificando certas circunstâncias, estreitando e aumentando, por exemplo, o espaço que concede, tirando favos cheios de mel para pôr favos vazios, mas cobertos de células de operárias.

Trata-se, pois, de saber se não lançarão em seguida um segundo ou terceira enxame — no que se poderá dizer que não haveria mais que uma decisão cega que obedeceria aos caprichos ou às instâncias aturdidas de uma hora favorável —; trata-se de tomar na hora, e por unanimidade, medidas que lhes permitam lançar um segundo enxame três ou quatro dias depois do nascimento da primeira rainha, e um terceiro três dias depois da saída da jovem rainha à frente do segundo enxame. Não se pode negar que há nisso um sistema, uma combinação de previsões que abarcam um tempo considerável, principalmente se comparado com a brevidade de sua vida.

VI

Estas medidas concernem à guarda das rainhas jovens ainda sepultadas em suas prisões de cera. Suponhamos que as abelhas considerem mais prudente não lançar um segundo enxame. Neste caso também são possíveis duas resoluções: permitirão que a primogênita das virgens reais, a que vimos nascer, destrua suas irmãs inimigas, ou esperarão que tenha cumprido a perigosa cerimônia do *voo nupcial*, do qual pode depender o porvir da nação? Amiúde autorizam a decapitação imediata; podem também se opor a ela. Mas compreende-se que é difícil explicar se é prevendo um segundo enxameamento ou os perigos do *voo nupcial*, pois se observou mais de uma vez que, depois de ter decretado um segundo enxameamento, renunciam bruscamente a ele e destróem a descendência predestinada, quer porque o tempo esteja menos propício, quer por alguma outra coisa que não conseguimos entender. Mas suponhamos que tenham julgado conveniente renunciar ao enxameamento e aceitar os perigos do *voo nupcial*. Quando nossa jovem rainha, impelida pelo desejo, se aproxima da região dos grandes berços, a guarda lhe abre passagem. Presa de furioso ciúme, precipita-se sobre a primeira cápsula que encontra e, com as patas e dentes, se esforça para romper a cera. Consegue-o, arranca com violência o casulo que reveste a morada, descobre a princesa adormecida, sua rival já reconhecível, volta-se de costas, introduz seu ferrão no alvéolo e descarrega-lhe lançadas freneticamente até que a desgraçada sucumba aos golpes da arma venenosa. Então se acalma, satisfeita pela morte que põe um misterioso limite ao ódio de todos os seres, embainha o aguilhão; ataca outra cápsula, abre-a, para passar por cima se não encontra nela mais que uma larva ou ninfa imperfeita, e não pára, até o momento em que, arquejante, extenuada, suas unhas e dentes resvalam sem força sobre as paredes de cera.

As abelhas ao seu redor contemplam a cólera sem participar dela, afastam-se para deixar-lhe o campo livre, se bem que à medida que uma célula é perfurada e devastada acodem e tiram fora da colmeia o cadáver, a larva ainda viva ou ninfa violada, e se fartam avidamente da preciosa geleia real que enche o fundo alvéolo. Quando a rainha extenuada abandona seu furor, elas mesmas terminam a matança das inocentes, a raça e as casas soberanas desaparecem.

Isto, com a execução dos zangões, mais desculpável, constitui a hora espantosa da colmeia, a única em que as operárias permitem que a discórdia e a morte invadam suas moradas. E, como costuma acontecer na Natureza, são as privilegiadas do amor que atraem sobre si os dardos extraordinários da morte violenta.

Às vezes — e o caso é raro, porque as abelhas tomam precauções para evitá-lo — nascem duas rainhas simultaneamente. Então tem efeito à saída do beco o combate imediato e mortal, do qual Huber foi o primeiro a assinalar uma particularidade bastante estranha: cada vez que em seus movimentos as duas virgens se colocam em situação tal que, sacando seus ferrões, se trespassariam reciprocamente — como nos combates da *Ilíada* — dir-se-ia que um deus ou uma deusa (talvez o deus ou a deusa da raça) se interpõe e as duas guerreiras, tomadas de espanto, se separam e fogem, desconcertadas, para juntar-se pouco depois, fugir uma da outra se o duplo desastre ameaça outra vez o porvir de seu povo, até que uma delas consiga surpreender à sua rival imprudente ou lerda e matá-la, pois a lei da espécie não exige senão um só sacrifício.

VII

Quando a jovem soberana assim destruiu o berço e matou sua rival, é aceita pelo povo, e só lhe falta, para reinar verdadeiramente e ver-se tratada como sua mãe, realizar seu voo nupcial, porque as abelhas não se ocupam muito dela e prestam-lhe poucas homenagens enquanto é infecunda. Mas muitas vezes sua história é menos simples e raramente as obreiras renunciam ao desejo de enxamear pela segunda vez.

Neste caso, como no outro, guiada por seu próprio desígnio, aproxima-se das células reais. Mas em vez de encontrar ali servidoras submissas e estímulos, tropeça com uma guarda numerosa e hostil que lhe fecha o caminho. Irritada e sob os impulsos de sua ideia fixa, quer forçar passagem ou esquivar-se, mas em toda parte encontra sentinelas que velam pelas princesas adormecidas. Obstina-se, volta à carga, é rechaçada cada vez com mais aspereza, e ainda é maltratada, até que compreende, de maneira informe, que as pequenas operárias inflexíveis representam uma lei à qual a outra lei que a anima deve ceder.

Afasta-se, ao fim, sua cólera não aplacada, passeando de favo em favo, fazendo ressoar o canto de guerra ou a queixa ameaçadora que todo apicultor conhece, parecido com o soar de uma trombeta de prata longínqua, tão forte em sua irritada debilidade que é ouvida, sobretudo de noite, a três ou quatro metros de distância, através das paredes duplas da colmeia mais fechada.

Esse grito real exerce sobre as operárias influência mágica. Imerge-as numa espécie de terror ou estupor respeitoso; quando a rainha o solta sobre as células defendidas, as guardas que a rodeiam e apertam se detêm bruscamente, baixam a cabeça e esperam, imóveis, que cesse de vibrar. Acredita-se que, graças ao prestígio desse grito, a Esfinge Átropos, que consegue imitá-lo, penetra na colmeia e se farta de mel sem que as abelhas pensem em atacá-la.

Durante dois ou três dias, e às vezes cinco, esse gemido irritado vaga assim e chama para o combate as pretendentes protegidas.

Enquanto isso, estas se desenvolvem, querem ver a luz por sua vez e se põem a roer as tampas de suas células. Uma grande desordem ameaça a república. Mas o gênio da colmeia, ao tomar sua decisão, previu todas as consequências e as guardiãs, bem instruídas, sabem a cada hora o que é preciso fazer para evitar as surpresas de um instinto contrariado e conduzir à meta duas forças opostas. Não ignoram que se a jovens rainhas, impacientes por nascer, caíssem nas mãos de sua irmã mais velha e invencível, seriam destruídas uma depois da outra. Assim é que, à medida que uma das emparedadas adelgaça interiormente as portas de sua torre, recobrem-na por fora com nova camada de cera, e a impaciente se aplica com afinco a seu trabalho, sem suspeitar que rói um obstáculo encantado, que nasce de sua ruína. A prisioneira ouve ao mesmo tempo as provocações de sua rival; conhecendo seu destino e dever real, ainda antes de poder dar uma olhada na vida e saber o que é uma colmeia, responde heroicamente ao desafio do fundo de sua prisão. Mas como seu grito tem de atravessar as paredes de uma tumba, é muito diferente, afogado, cavernoso, e o apicultor que, ao cair da tarde, quando os ruídos cessam no campo e se eleva o silêncio das estrelas, vem interrogar à entrada das maravilhosas cidades, reconhece e compreende o que anuncia o diálogo da virgem errante e das virgens cativas.

VIII

Essa prolongada reclusão é favorável às jovens virgens, que saem bem desenvolvidas, já vigorosas e prontas a empreender o voo. Por outro lado, a espera fortaleceu a rainha livre e colocou-a em condições de enfrentar os perigos da viagem. O segundo enxame, ou *enxame secundário*, sai então da colmeia, com a primogênita das rainhas à frente. Imediatamente depois de sua partida, as operárias que ficaram na casa dão liberdade a uma de suas prisioneiras, que repete as mesmas tentativas mortais e lança os mesmo gritos de cólera, para abandonar, por sua vez, a colmeia; três dias depois, à frente do terceiro enxame, e assim sucessivamente, no caso de *febre de enxameamento*, até o esgotamento completo da cidade-mãe.

Swammerdam cita uma colmeia que com seus enxames e os enxames de seus enxames produziu trinta colônias numa só estação. Tal multiplicação extraordinária se observa sobretudo depois dos invernos desastrosos, como se as abelhas, sempre em contato com as secretas vontades da Natureza, tivessem consciência do perigo que ameaça a espécie. Mas em tempo normal, dita febre é bastante rara nas colmeias fortes e bem governadas. Muitas não enxameiam mais que uma vez e algumas nunca. Geralmente, depois do segundo enxame, as abelhas renunciam a dividir-se mais, quer porque notem a debilitação excessiva do tronco, quer porque uma turvação do céu lhes dita prudência. Então permitem que a terceira rainha mate as cativas e a vida ordinária se reata e reorganiza com mais ardor, por serem quase todas as operárias muito jovens, a colmeia se encontrar despovoada, havendo assim grandes vazios a encher antes do inverno.

IX

A saída do segundo e do terceiro enxame é parecida com a do primeiro, e as circunstâncias são iguais, com a diferença de as abelhas serem menos numerosas, a tropa ser menos circunspecta e carecer de exploradoras; a jovem rainha, virgem ardente e ligeira, voa muito mais longe e desde a primeira etapa arrasta sua gente a grande distância da colmeia. Acrescente-se que essas emigrações são muito temerárias e que a sorte de tais colônias errantes é bastante arriscada. Não têm à frente, para representar o porvir, mais que uma rainha infecunda. Seu destino depende de voo nupcial que se vai verificar. Uma ave que passa, algumas gotas de chuva, um vento frio, um erro... e o desastre é irremediável. As abelhas o sabem tão bem que, uma vez encontrado o abrigo, apesar de seu apego, já forte, à morada de um dia, apesar dos trabalhos começados, com frequência abandonam tudo para acompanhar sua jovem soberana em busca do amante, a fim de não perdê-la de vista, para rodeá-la de mil asas protetoras, ou perder-se com ela quando o amor a extravia tão longe da nova colmeia que a rota ainda não costumeira do regresso vacila e se dispersa em todas as memórias.

X

Mas a lei do porvir é tão poderosa que nenhuma abelha vacila ante as incertezas e os perigos da morte. O entusiasmo desses enxames é igual ao do primeiro. Quando a cidade-mãe tomou sua decisão, cada uma das jovens rainhas encontra um bando de operárias dispostas a seguir sua sorte e acompanhá-la nessa viagem, onde há muito que perder e nada que ganhar, a não ser a esperança de um instinto satisfeito. Quem lhes dá essa energia, que nós nunca temos, para romper com o passado como com um inimigo? Quem escolhe entre a multidão as que devem partir e as que ficam? Não é tal ou qual classe que vai ficar — de um lado, as mais jovens e, de outro, as de mais idade —; em torno de cada rainha, que nunca mais voltará, se agrupam velhas coletoras e jovens operárias, que enfrentam pela primeira vez o vertiginoso espaço azul. Tampouco é o acaso, a ocasião, o entusiasmo ou a prostração passageiros de um pensamento, de um instinto ou de um sentimento o que aumenta ou diminui a força proporcional do enxame. Várias vezes procurei avaliar a relação existente entre o número das abelhas que o compõem e o das que restam; mesmo que as dificuldades da experiência não permitam chegar a uma precisão matemática, pude comprovar que essa relação, levando em conta a ninhada, quer dizer, os nascimentos próximos, era constante o bastante para que se pressuponha um verdadeiro e misterioso cálculo por parte do gênio da colmeia.

XI

Não seguiremos as aventuras desses enxames. São numerosas e, muitas vezes, complicadas. Às vezes, se misturam dois enxames; em outros casos, em meio ao transtorno da partida, duas ou três das rainhas prisioneiras escapam à vigilância das guardiãs e se unem ao cacho que se forma. Acontece também eventualmente que alguma das jovens rainhas, rodeada de zangões, se aproveita do voo do enxame para fazer-se fecundar e arrasta então seu povo a uma altura e distância extraordinárias. Na prática da apicultura, se devolvem sempre à colmeia-mãe esses enxames segundos e terceiros. As rainhas voltam a encontrar-se no reino; as operárias assistem a seus combates, e quando a melhor triunfou, inimigas da desordem, ávidas de trabalho, lançam fora os cadáveres, fecham a porta às violências do porvir, esquecem o passado, voltam às células e recomeçam suas visitas às flores, que as esperam.

XII

A fim de simplificar nosso relato, retomemos, onde a interrompemos, a história da rainha a quem as operárias permitiram que matasse suas irmãs nos berços. Disse que se opõem com frequência a essa matança, mesmo quando não parecem abrigar a intenção de lançar um segundo enxame. Mas costumam autorizá-lo, porque o espírito político das colmeias de um mesmo comeal é tão diverso como o das nações humanas de um mesmo continente. O certo é que, autorizando-a, cometem uma imprudência. Se a rainha perece ou se extravia em seu voo nupcial, não resta ninguém para substituí-las e as larvas de operárias passaram a idade da transformação real. Mas, enfim, a imprudência está feita, e temos nossa primogênita soberana única e reconhecida no pensamento do povo. Por certo, ainda é virgem. Para ser igual à mãe a quem substitui é preciso que encontre o macho dentro dos vinte primeiros dias que se seguem a seu nascimento. Se por uma causa qualquer, esse encontro se atrasa, sua virgindade é irrevogável. Não obstante, pudemos observar que, mesmo virgem, não é estéril. Encontramo-nos em presença dessa grande anomalia, precaução ou capricho surpreendente da Natureza, que se chama partenogênese, comum a certo número de insetos, tais como os pulgões, os lepigópteros do gênero *psiquis*, os himenópteros da família dos cinipídeos etc. A rainha virgem é, pois, capaz de pôr como se houvesse sido fecundada, mas de todos os ovos postos, em células grandes ou pequenas, só nascerão zangões, e como os zangões não trabalham nunca, como vivem às expensas das fêmeas, como nem sequer vão colher por sua própria conta e não podem prover à sua subsistência, poucas semanas depois da morte das últimas operárias extenuadas sobrevém a ruína e o aniquilamento total da colônia. Da virgem sairão milhares de machos, cada um possuirá milhões de espermatozóides, dos quais nenhum pode penetrar em seu organismo. Isto não é mais surpreendente do que mil outros fenômenos análogos, pois ao cabo de pouco tempo, quando se aborda esses problemas, principalmente os da geração, onde o maravilhoso e o inesperado surgem de todas as partes e em muito maior abundância, menos humanamente que nos contos de fadas mais milagrosos, e a surpresa é tão habitual, que se perde logo a noção. Mas não é por isto que o fato mereceria menos ser assinalado. Por outro lado, como esclarecer o objetivo da Natureza que assim favorece os machos, tão funestos, em detrimento das operarás, tão necessárias? Teme acaso que a inteligência das fêmeas as induza a reduzir em demasia o número desses parasitas ruinosos indispensáveis à manutenção da espécie? Será uma reação exagerada contra a desgraça da rainha infecunda? Será uma dessas precauções demasiado violentas e cegas que não veem a causa do mal, se excedem no remédio e, para evitar um pequeno acidente, ocasionam uma catástrofe? Na verdade (mas não esqueçamos que essa verdade não é exatamente a verdade natural e primitiva, pois na floresta de origem as colônias deviam estar mais dispersas do que hoje), quando uma rainha está infecunda, os machos, que são sempre numerosos e vêm de muito longe, quase nunca têm a culpa. É mais o frio ou a chuva que a retêm demasiado tempo na colmeia e, com mais frequência, suas asas imperfeitas, que a impedem de acompanhar o grande impulso que exige o órgão do zangão. Sem dúvida, a Natureza, sem levar em conta essas causas mais reais, se preocupa apaixonadamente com a multiplicação dos machos. Turva outras leis a fim de obtê-los, e se encontram às vezes nas colmeias órfãs duas ou três operárias possuídas de um tal desejo de manter a espécie que, apesar de seus ovários atrofiados, procuram pôr, e veem seus órgãos, desenvolver-se um pouco sob o império de um sentimento exasperado; chegam a pôr alguns ovos, mas desses ovos, como dos da virgem mãe, só nascem machos.

XIII

Surpreendemos aqui em sua intervenção uma vontade superior, quiçá imprudente, que contraria de maneira irresistível a vontade inteligente de uma vida. Semelhantes intervenções são bastante frequentes no mundo dos insetos. É curioso estudá-las. Achando-se esse mundo mais povoado e sendo mais complexo que os outros, muitas vezes se descobrem melhor nele certos desejos da Natureza, e se a surpreende em meio a experiências que podemos crer inacabadas. Tem esta, por exemplo, um grande desejo geral, que manifesta por toda parte: o aperfeiçoamento de cada espécie pelo triunfo do mais forte. Geralmente a luta está bem organizada. A hecatombe dos fracos é enorme, mas isto importa pouco, desde que a recompensa do vencedor seja eficaz e segura. Sem dúvida, há casos em que se diria que não teve tempo de acertar suas combinações, em que a recompensa é impossível, em que a morte do vencedor é tão funesta quanto a dos vencidos. E para não deixar nossas abelhas, não conheço nada mais impressionante que a história do *Sitaris colletis*. Ademais, ver-se-á que vários detalhes dessa história não são alheios à do homem, como se poderia crer.

Esses triongulinos são as larvas primárias de um parasita próprio da abelha montesa, obtusilíngue e solitária, a *coleta*, que constrói seu ninho em galerias subterrâneas. Espreitam a abelha na entrada dessas galerias, e em número de três, quatro, cinco, e às vezes mais, se agarram a seus pelos e se instalam sobre suas costas. Se a luta dos fortes contra os fracos tivesse efeito então, não haveria nada a dizer, tudo se passaria segundo a lei universal. Mas não se sabe porque, seu instinto quer, e por conseguinte a Natureza ordena, que fiquem tranquilos todo o tempo em que permanecerem nas costas das abelhas. Enquanto esta visita as flores, constrói e enche de provisões suas células, esperam pacientemente sua hora. Mas assim que a abelha põe um ovo, todos os triongulinos saltam sobre ele, e a inocente *coleta* fecha cuidadosamente a célula bem provida de víveres, sem suspeitar que aprisiona nela ao mesmo tempo a morte de sua progenitura.

Fechada a célula, o inevitável e salutar combate da seleção natural começa a seguir entre os triongulinos em torno do único ovo. O mais forte, o mais hábil, apanha o adversário pelo flanco, levanta-o acima da cabeça e o mantém assim em suas mandíbulas horas inteiras, até que expira. Mas durante a batalha outro triongulino, que ficou só ou é vencedor de seu rival, se apodera do ovo e começa a comê-lo. Então é preciso que o último vencedor mate este novo inimigo, o que é fácil, porque o triongulino que sacia uma fome pré-natal ataca tão obstinadamente o ovo que não pensa em defender-se.

Recebe a morte, por fim, e o outro se encontra só em presença do ovo tão precioso e tão bem conquistado. Mete com avidez a cabeça na abertura praticada por seu antecessor e empreende a lauta refeição, que deve transformá-lo em inseto perfeito e proporcionar-lhe as ferramentas necessárias para sair da célula onde se acha sequestrado. Mas a Natureza, que quer essa prova da luta, calculou, por outro lado, o prêmio de seu triunfo com uma precisão tão avara, que um ovo basta justamente para o alimento de um só triongulino. "De maneira — diz Mayet, a quem devemos a narração destas desditas — que a nosso vencedor falta a comida que seu último inimigo absorveu antes de morrer, e, incapaz de sofrer a primeira mudança, morre por sua vez, fica dependurado na pele do ovo ou vai aumentar, no líquido açucarado, o número dos afogados".

XIV

Este caso, mesmo que raramente seja tão claro, não é único na história natural. Nele se vê a nu a luta entre a vontade consciente do triongulino que quer viver e a vontade obscura e geral da Natureza, que deseja igualmente que viva e até que fortifique e melhore sua vida além do que sua própria vontade o impeliria a fazê-lo. Mas por uma inadvertência estranha, o melhoramento imposto suprime a vida do melhor, e o *Sitaris colletis* teria desaparecido desde há muito se muitos indivíduos, isolados por um acaso contrário às intenções da Natureza, não escapassem também à excelente e previdente lei que exige em todo lugar o triunfo do mais forte.

Pode acontecer que o grande poder que nos parece inconsciente, mas necessariamente sábio, posto que a vida que organiza e mantém lhe dê sempre razão, caia em erro? Sua razão suprema, que invocamos ao chegar aos limites da nossa, teria acaso suas fraquezas? E se as tem, que as repara?

Mas voltemos à sua intervenção irresistível, que toma a forma de partenogênese. Não esqueçamos que os problemas que encontramos num mundo que parece muito distante do nosso nos tocam muito de perto. É provável que mesmo no nosso corpo, de que tanto nos orgulhamos, se passe o mesmo. A vontade ou o espírito da Natureza, operando em nosso estômago, em nosso coração e na parte inconsciente de nosso cérebro, não deve diferir muito do espírito ou da vontade que pôs nos animais mais rudimentares, nas plantas e até nos minerais. Ademais, quem ousaria afirmar que não se produzem jamais na esfera consciente do homem intervenções mais secretas, mas não menos perigosas? No caso que nos ocupa, quem tem razão,

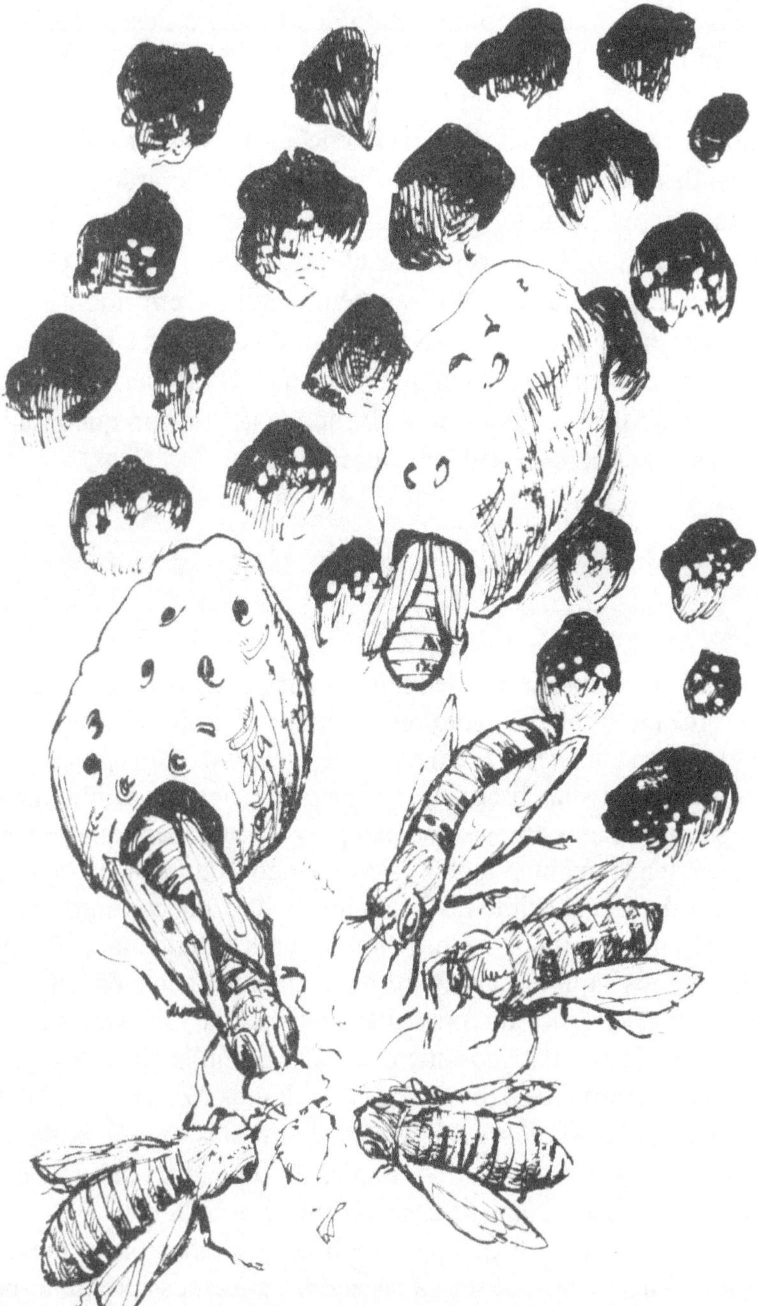

afinal: a Natureza ou a abelha? Que aconteceria se esta, mais dócil e mais inteligente, compreendendo demasiado o desejo da Natureza, a seguisse até o fim, e como reclama misteriosamente mais machos, os multiplicasse até o infinito? Não correria o perigo de destruir sua espécie? Devemos crer que há intenções da Natureza que seria perigoso descobrir e funesto seguir com demasiado ardor, e que um de seus desejos consiste em que não se penetrem nem se sigam todos os seus desejos? Não reside nisto, porventura, um dos perigos que corre a raça humana? Nós também sentimos em nosso ser forças inconscientes que querem o contrário do que nossa inteligência reclama. Convém que esta inteligência, que de ordinário, depois de ter completado um círculo, não saiba aonde ir; convém que reúna essas forças e lhes acresça seu peso inesperado?

XV

Teríamos direito de deduzir do perigo da partenogênese que a Natureza não sabe proporcionar sempre os meios ao fim, que o que pretende manter se mantém por vezes graças a outras precauções que tomou contra suas próprias precauções, e amiúde também à mercê de circunstâncias alheias que não previu? Mas, será que prevê algo? Ou pretende manter algo? Dir-se-á que Natureza é uma palavra com a qual encobrimos o incognoscível, e poucos fatos decisivos autorizam a atribuir-lhe um fim ou uma inteligência. É verdade. Manejamos aqui os vasos hermeticamente fechados que enchem nosso conceito do universo. Para não pôr nele invariavelmente a inscrição *Desconhecido*, que desalenta e impõe silêncio, gravamos segundo a forma e as dimensões as palavras *Natureza, Vida, Morte, Infinito, Seleção, Gênio da espécie*, e muitas outras, como nossos antecessores fixaram neles os nomes de *Deus, Providência, Destino, Retribuição* etc. É isto, se assim o quiser, e nada mais.

Mas se o interior permanece obscuro, ganhamos ao menos que, sendo as inscrições menos ameaçadoras, podemos aproximar-nos dos vasos, tocá-los e aplicar a eles o ouvido com saudável curiosidade.

Mas qualquer que seja o nome que se lhe dê, o certo é que ao menos um deles, o maior, o que leva escrita a palavra *Natureza*, encontra uma força muito real, a mais real de todas, e que sabe manter em nosso globo uma quantidade e qualidade de vida enorme e maravilhosa, por meios tão engenhosos que se pode dizer sem exagero que superam tudo o que o gênio do homem é capaz de organizar. Esta qualidade e esta quantidade manter-se-ão por outros meios? Seremos nós que nos enganamos, crendo ver precauções onde não há quiçá uma casualidade feliz que sobrevive a um milhão de casualidades infelizes?

XVI

É possível, mas então essas casualidades felizes nos dão lições de admiração, que igualam as que encontraríamos acima da casualidade. Não observemos somente os seres que têm um lampejo de inteligência ou de consciência e podem lutar contra as leis cegas; não nos inclinemos sequer sobre os primeiros representantes nebulosos do reino animal que o iniciam: os protozoários. As experiências do célebre microscopista M. H. J. Carter, membro da Royal Society, provam, com efeito, que uma vontade, desejos e preferências se manifestam já em embriões tão ínfimos quanto os mixomicetos, que há movimentos de astúcia em infusórios privados de todo organismo aparente, tais como a ameba, que vigia com toda a paciência os jovens acinetos à saída do ovário materno, porque sabe que naquele momento estes ainda não têm tentáculos venenosos. Pois bem, a ameba não possui sistema nervoso nem órgão de nenhuma espécie que se possa observar. Vamos diretamente aos vegetais, que são imóveis e parecem submetidos a todas as fatalidades, sem nos determos nas plantas carnívoras, por exemplo, nas dróseras, que agem realmente como os animais; estudemos o gênio que se destaca de nossas flores mais simples para que a vista de uma abelha ocasione inevitavelmente a fecundação cruzada que lhes é necessária. Vejamos o jogo milagrosamente combinado do rostelo, dos retináculos, da aderência e inclinação matemática e automática das polínias no

Orquis morio, a humilde orquídea de nossas províncias[3]; demonstremos a dupla báscula infalível dos anteros da sálvia, que vêm a tocar num ponto determinado o corpo do inseto que a visita, para que por sua vez toque num ponto preciso o estigma de uma flor vizinha; sigamos também os desdobramentos sucessivos e os cálculos do estigma da pediculária silvestre; vejamos, à entrada da abelha, movimentarem-se todos os órgãos dessas três flores, como os complicados mecanismos que se encontram na feiras de nossas aldeias e que se põem em movimento quando um atirador hábil acerta no alvo.

Poderíamos descer ainda, para mostrar, como fez Ruskin em sua *Ethics of the Dust*, os costumes, o caráter e as astúcias dos cristais, suas querelas, o que fazem quando um corpo estranho vem perturbar seus planos, mais antigos do que tudo que nossa imaginação possa conceber, a maneira como admitem ou rechaçam o inimigo; a vitória possível do mais fraco sobre o mais forte, por exemplo, o quartzo todo-poderoso que cede cortesmente ao humilde e solapado epídoto, e permite que o sobrepuje; a luta, ora espantosa, ora magnífica, do cristal de rocha com o ferro; a expansão regular, imaculada, e a pureza intransigente de um bloco hialino que rechaça de antemão todas as manchas, e o crescimento enfermiço, a imortalidade evidente de seu irmão, que as aceita e se torce miseravelmente no vazio; poderíamos invocar os estranhos fenômenos de cicatrização e reintegração

3. É impossível detalhar aqui esse laço maravilhoso descrito por Darwin. Eis aqui o resumo: o pólen, no *Orquis morio*, não é pulverulento, mas aglomerado em *polínias*. Cada uma dessas massas (são duas) tem em sua extremidade inferior uma rodela viscosa (retináculo) encerrada numa espécie de saco membranoso (rostelo), que o menor contato faz estalar. Quando uma abelha pousa numa flor, sua cabeça, ao adiantar-se para sugar o néctar, toca o saco membranoso, que se rasga e põe a descoberto as duas rodelas viscosas. As polínias, graças às rodelas, grudam na cabeça do inseto, o qual, ao retirar-se da flor, as leva como dois cornos bulbosos. Se estes dois cornos carregados de pólen permanecessem direitos e rígidos, no momento em que a abelha penetra numa orquídea vizinha, tocariam e fariam estalar simplesmente o saco membranoso da segunda flor, mas não alcançariam o *estigma*, ou órgão fêmea que é preciso fecundar, colocado debaixo do saco membranoso. O gênio do *Orquis morio* previu a dificuldade, e, ao cabo de trinta segundos, quer dizer, no pouco tempo necessário para o inseto acabar de sugar o néctar e trasladar-se a outra flor, o cabo da pequena estaca seca e encolhe, sempre do mesmo lado e no mesmo sentido; o bulbo que contém pólen se inclina, e seu grau de inclinação está calculado de tal maneira que no momento em que a abelha entra numa flor vizinha, se encontrará justamente ao nível do estigma sobre o qual deve espargir seu pó fecundante. (Veja-se, para todos os detalhes deste drama íntimo do mundo inconsciente das flores, o admirável estudo de Darwin: *Da fecundação das orquídeas pelo insetos e dos bons efeitos do cruzamento*, 1862.)

cristalina de que fala Claude Bernard etc. Mas aqui o mistério nos é demasiado alheio. Limitemo-nos à flores, que são as últimas figuras de uma vida que ainda tem relação com a nossa. Não se trata de animais ou insetos, que supomos dotados de uma vontade inteligente e particular, graças à qual sobrevivem. Com razão ou sem ela, não lhes atribuímos nenhuma. Em todo caso, não podemos encontrar nelas o menor sinal dos órgãos onde nascem e residem habitualmente a vontade, a inteligência, a iniciativa de uma ação. Por conseguinte, o que opera nelas de modo tão admirável, dimana diretamente do que em outro lugar chamamos de Natureza.

Não é a inteligência do indivíduo, mas a força inconsciente e indivisa que estende laços às outras formas de si mesma.

Devemos deduzir disto que estes laços são outra coisa que não puro acidentes fixados por uma rotina também acidental? Não temos direito a fazê-lo. Pode-se dizer que na falta destas combinações milagrosas, essas flores não teriam sobrevivido, mas outras, que não teriam necessidade de fecundação cruzada, a substituiriam sem que ninguém notasse a inexistência das primeiras, sem que a vida que ondula sobre a Terra nos parecesse menos incompreensível, menos diversificada e menos surpreendente.

XVII

Seria difícil não reconhecer que alguns atos que têm o aspecto de atos de prudência e inteligência provocam e sustentam as casualidades felizes. De onde emanam? Do objeto ou da força onde ele toma a vida? Não direi *pouco importa*; ao contrário. Mas enquanto averiguamos, seja a flor que se esforça para manter e aperfeiçoar a vida que a Natureza pôs nela, seja a Natureza que faz o esforço para manter e melhorar a parte da existência que a flor assumiu; seja, por fim, a casualidade que acaba por regularizar a casualidade, uma multidão de aparências nos convidam a crer que algo análogo a nossos pensamentos mais elevados sai curiosamente de um fundo comum que temos de admirar sem poder dizer onde se encontra.

Parece-nos por vezes que desse fundo comum surge um erro. Mas ainda que saibamos muito poucas coisas, temos muitas vezes que reconhecer que o erro é um ato de prudência que não estava ao alcance de nossa primeira vista. Até no pequeno círculo que nossa vista abarca podemos descobrir que se a Natureza parece enganar-se aqui, é que considera útil retificar acolá seu suposto descuido. Pôs as três flores de que falamos em condições tão difíceis que não podem fecundar-se a si mesmas. Mas julga proveitoso, sem que saibamos porquê, que essas três flores se façam fecundar por suas vizinhas. Assim o gênio que não mostrou à nossa direita, o manifesta à nossa esquerda, ativando a inteligência de suas vítimas. Os rodeios desse gênio continuam inexplicáveis para nós, mas seu nível permanece o mesmo. Parece cair em erro, admitindo que um erro seja possível, mas se levanta imediatamente no órgão encarregado de repará-lo. Para onde quer que dirijamos a vista, domina nossas cabeças. É o oceano circular, o imenso lençol de água sem escala de nível sobre o qual nossos pensamentos mais audazes e os mais independentes não são senão borbulhas submissas. Hoje o chamamos de Natureza, e amanhã o encontraremos, talvez, sob outro nome, mais terrível ou mais doce. Enquanto isso, reina a um tempo e com espírito equânime sobre a vida e a morte, e proporciona às duas irmãs irreconciliáveis as armas magníficas ou familiares que destróem e adornam seu seio.

XVIII

Quanto a saber se toma precauções para manter o que se agita em sua superfície, ou se é preciso fechar o mais estranho dos círculos dizendo que o que se agita em sua superfície toma precauções contra o gênio que o faz viver, são questões reservadas. É-nos impossível conhecer se uma espécie sobreviveu apesar dos cuidados perigosos da vontade superior, independentemente destes, ou enfim, graças a eles, apenas.

O que podemos saber é que tal espécie subsiste e, por conseguinte, a Natureza parece ter razão neste ponto. Mas quem nos dirá quantas outras — que não conhecemos — caíram vítimas de sua inteligência desmemoriada ou inquieta? O que podemos saber também são as formas surpreendentes, e às vezes inimigas, que toma, ora na inconsciência absoluta, ora numa espécie de consciência, o fluido extraordinário que se chama vida, que nos anima ao mesmo tempo que a tudo mais, o mesmo que produz nossos pensamentos que o julgam e nossa pequena voz que se esforça para falar dele.

O LIVRO QUINTO

O VOO NUPCIAL

I

Vejamos agora de que maneira se efetua a fecundação da rainha. Nisto a Natureza também tomou medidas extraordinárias para favorecer a união dos machos e das fêmeas nascidos em troncos diferentes; lei estranha, que ninguém obrigou decretar, capricho ou talvez advertência inicial, cuja repetição gasta as forças mais maravilhosas de sua atividade.

É provável que se a Natureza se dedicasse a assegurar a vida, atenuar o sofrimento, adoçar a morte, afastar os grandes riscos, a metade do gênio que prodiga em torno à fecundação cruzada e a alguns outros desejos arbitrários, o universo nos ofereceria um enigma menos incompreensível, menos lastimável que o que procuramos penetrar. Mas convém buscar em nossa consciência o interesse que tomamos pela vida, não no que poderia ser, mas no que é.

Em torno da rainha virginal, e vivendo com ela na multidão da colmeia, agitam-se centenas de machos exuberantes, sempre ébrios de mel, cuja única razão de existir é um ato de amor. Mas apesar do contato incessante de duas inquietudes que por toda parte, fora o caso que abordamos, vencem todos os obstáculos, a união jamais se opera na colmeia, e nunca se conseguiu fecundar uma rainha em cativeiro.[1] Os amantes que a rodeiam ignoram o que é, enquanto permanece entre eles. Sem suspeitar que acabam de separar-se dela,

1. M. Lain conseguiu, não faz muito tempo, fecundar artificialmente algumas rainhas, mas depois de verdadeira operação cirúrgica delicada e completa. Ademais, a fecundação destas rainhas foi restrita e efêmera.

que dormem com ela sobre os mesmos favos, que talvez lhe tenham dado empurrões em sua saída impetuosa, vão requisitá-la no espaço, nos vales mais recônditos do horizonte. Dir-se-ia que seus olhos admiráveis, que cobrem sua cabeça com um fulgurante elmo, não a reconhecem nem a desejam senão quando discernida no espaço azul. Diariamente, das onze às três, quando a luz celeste brilha em seu máximo esplendor e sobretudo quando o meio-dia desdobra até os confins do céu suas grandes asas azuis para atiçar as chamas do sol, a horda enfeitada se precipita em busca da esposa mais real e mais inesperada que qualquer lenda de princesa inacessível, posto que a rodeiam 20 ou 30 tribos, que acudiram de todas as cidades dos arredores para fazer-lhe um cortejo de mais de 10.000 pretendentes, e posto que, entre esses milhares, um só será eleito, para um beijo único de um só minuto, que o casará com a morte ao mesmo tempo que com a felicidade, enquanto que os demais voarão inutilmente em torno ao par abraçado e logo perecerão sem voltar a ver a aparição prestigiosa e fatal.

II

Não exagero tão surpreendente e louca prodigalidade da Natureza. Nas melhores colmeias se contam habitualmente 400 ou 500 machos. Nas colmeias degeneradas ou mais fracas se encontram costumeiramente 4.000 ou 5.000, pois quanto mais decai uma colmeia, mais zangões produz. Pode-se dizer que, em média, um colmeal completo composto de dez colônias dissemina pelo ar, um dado momento, uma população de 10.000 machos, dos quais só 10 ou 15, no máximo, terão probabilidade de realizar o ato único para o qual nasceram.

Enquanto isso esgotam as provisões da cidade, e o trabalho incessante de 5 ou 6 operárias apenas basta para alimentar o ócio voraz de cada um desses parasitas, que só têm de infatigável a boca. Mas a natureza é sempre magnífica quando se trata das funções e dos privilégios do amor. Só é parca quanto aos órgãos e instrumentos de trabalho. É particularmente avara do que os homens chamaram virtude. Em contrapartida esparge com mão pródiga joias e favores pelo caminho dos amantes menos dignos de interesse. Grita por todo lado: “Uni-vos; multiplicai-vos; não há outra lei nem outro fim senão o amor”, sem deixar de acrescentar, à meia-voz: “E sobrevivei depois, se puderdes, mas isso não me importa”. Em vão se faz ou se quer outra coisa: em toda parte se encontra essa moral, tão diferente da nossa. Veja também, nos mesmos pequenos seres, sua avareza injusta e seu fausto insensato. Desde que nasce até que morre, a austera coletora tem de ir longe, aos bosques mais espessos, em busca de uma multidão de flores que se ocultam. Tem de descobrir nos labirintos dos nectários e nas secretas espessuras das antenas o mel e o pólen ocultos. Sem dúvida, seus olhos e órgãos olfativos são como os olhos e órgãos de um doente, em comparação com os dos machos. Mesmo que estes estivessem quase cegos e privados de olfato, não sofreriam muito com isso; apenas o saberiam; não têm nada que fazer, nenhuma presa a perseguir. Trazem-lhes os alimentos preparados e passam a vida a sorver o mel nos favos, na escuridão da colmeia. Mas são os agentes do amor, os maiores e mais inúteis, os que são jogados a mancheias ao abismo do porvir. De cada mil, um terá de descobrir, uma vez na vida, no espaço azul, a presença da virgem real. De cada mil, um deverá seguir, um instante no espaço, a pista da fêmea, que não procura fugir. Isto basta. O poder parcial abriu ao extremo e até ao delírio seus inauditos tesouros. A cada um de seus amantes improváveis, novecentos e noventa e nove dos quais serão degolados poucos dias depois das bodas mortais do milésimo, deu 13.000 olhos de cada lado da cabeça, quando a operária tem 6.000. Dotou suas antenas, segundo os cálculos de Cheshire, de 37.000 e 800 cavidades olfativas, quando a operária possui menos de 5.000. Eloquente exemplo da desproporção que quase em toda parte se observa entre os dons que outorga ao amor e os que poupa ao trabalho, entre o favor que derrama sobre o que exalta a vida no prazer e a indiferença em que abandona o que pacientemente se mantém no trabalho. Quem quisesse pintar com exatidão o caráter da Natureza, segundo os traços que aqui se encontram, faria uma figura extraordinária que não teria nada que ver com nosso ideal, que, sem dúvida, deve provir dela também. Mas o homem ignora demasiadas coisas para empreender essa pintura, na qual só saberia pôr uma grande sombra com dois ou três pontos de luz incerta.

III

São poucos os que violaram o segredo das bodas da rainha abelha, que se verificam nas pregas infinitas e deslumbrantes de um formoso céu. Mas é possível surpreender a vacilante partida da desposada e o mortal regresso da esposa.

Apesar de sua impaciência, escolhe seu dia e sua hora, e espera à sombra das portas que uma manhã maravilhosa se derrame no espaço nupcial do fundo das grandes urnas azuladas. Agrada-lhe o momento em que um pouco de rocio banha com uma recordação as folhas e as flores; em que o último frescor da alba desvanecente luta em sua derrota com o ardor do dia, como uma virgem nua nos braços de um robusto guerreiro; em que o silêncio e as rosas do meio-dia que se acerca deixam ainda penetrar, aqui e acolá, algum perfume das violetas da manhã e algum grito transparente da aurora.

Aparece então no umbral, no meio da indiferença das coletoras que não interrompem seu trabalho, ou rodeada de operárias desconcertadas, segundo deixe irmãs na colmeia ou já não seja possível substituí-la. Empreende seu voo com idas e vindas, volta duas ou três vezes à prancha de abordagem, e quando já gravou em seu espírito o aspecto e a situação exata de seu reino, que nunca viu de fora, parte como uma flecha para o zênite do azulado espaço. Eleva-se assim a uma altura e a uma zona luminosa que as demais abelhas não enfrentam em nenhuma época de sua vida. À distância, em torno das flores em que flutua sua preguiça, os machos notaram a aparição e respiraram o perfume magnético, que se esparge para as colmeias vizinhas. Em seguida as hordas se juntam e se lançam em seu encalço ao mar de alegria cujos transparentes limites mudam de estilo. A rainha, ébria com suas asas e obedecendo à magnífica lei da espécie, que escolhe para ela seu amante e quer que só o mais forte a alcance na solidão do éter, sobe e sobe, e o ar azul da manhã penetra pela primeira vez em seus estigmas abdominais e canta como o sangue do céu nas mil redezinhas unidas aos dois sacos traqueais que ocupam a metade de seu corpo e se nutrem do espaço. E continua subindo. É preciso que alcance uma região deserta que as aves não frequentam, pois podiam perturbar o mistério. Eleva-se ainda mais, e já a tropa desigual diminui e se dispersa debaixo dela. Os fracos, os doentes, os velhos, os raquíticos, os mal alimentados das colmeias inativas ou miseráveis renunciam à perseguição e desaparecem no vazio. Só resta na opala infinita um pequeno grupo infatigável. Ela pede um último esforço às suas asas, e o eleito das forças incompreensíveis a alcança, colhe-a, penetra-a e, levada por um duplo impulso, a espiral ascendente de seu voo abraçado se espirala um segundo no delírio hostil do amor.

IV

A maior parte dos seres têm o sentimento confuso de que um acaso muito precário, uma espécie de membrana transparente, separa a morte do amor, e que a ideia profunda da Natureza quer que se morra no momento em que se transmite a vida. É provavelmente este temor hereditário o que dá tanta importância ao amor. Esta ideia, cuja recordação principia com o beijo humano, se realiza aqui em sua simplicidade primitiva. Imediatamente depois de realizada a união, o ventre do macho se entreabre, o órgão se desprende, arrastando a massa das entranhas. E já com as asas dobradas e fulminado pelo raio nupcial, o corpo vazio, dá voltas e cai no abismo.

A mesma ideia que há pouco, na partenogênese, sacrificava o porvir da colmeia à multiplicação insólita dos machos, sacrifica aqui o macho ao porvir da colmeia.

Esta ideia assombra sempre; quanto mais se a interroga, mais diminuem as certezas, e Darwin, por exemplo, para citar o homem que estudou com mais paixão e método, sem confessá-lo claramente, se desconcerta a cada passo e retrocede ante o inesperado e o inconciliável. Se quiser assistir ao espetáculo nobremente humilhante do gênio humano na luta com o poder infinito, veja-o procurando esclarecer as leis estranhas, incrivelmente misteriosas e incoerentes da esterilidade e da fecundidade dos híbridos, ou as da variedade dos caracteres específicos e genéricos. Apenas formulou um princípio, quando lhe assaltam exceções sem número, e em seguida o princípio abatido se alegra por encontrar um nicho e conservar, como exceção, um resto de existência.

É que no hibridismo, na variabilidade (principalmente nas variações simultâneas chamadas correlações do desenvolvimento), no instinto, nos procedimentos da concorrência vital, na seleção, na sucessão geológica e na distribuição geográfica dos seres organizados, nas afinidades mútuas, como em tudo o mais, a ideia da Natureza é minuciosa e negligente, econômica e dissipadora, previsora e descuidada, inconstante e firme, agitada e imóvel, una e inumerável, grandiosa e mesquinha ao mesmo tempo, e no mesmo fenômeno. Tendo à frente o campo imenso e virgem da simplicidade, povoa-o de pequenos erros, pequenas leis contraditórias, pequenos problemas difíceis que se perdem na existência como rebanhos cegos. É certo que tudo isto se passa segundo nossa visão, que só reflete uma realidade apropriada ao nosso talhe e às nossas necessidades, e que nada nos autoriza crer que a Natureza perde de vista suas causas e seus resultados extraviados.

Em qualquer caso, é raro que lhes permita ir demasiado longe, acercar-se de regiões ilógicas e perigosas. Dispõe de duas forças que sempre têm razão, e quando os fenômenos passam certos limites, fazem sinal para a vida ou a morte, que vêm restabelecer a ordem e traçar de novo a rota com indiferença.

V

Escapa-nos por todo lado, desconhece a maior parte das nossas regras e rompe todas as nossas medidas. À nossa direita, está muito abaixo de nosso pensamento, mas à nossa esquerda, domina-o bruscamente, como uma montanha. A cada momento parece que se equivoca, tanto no mundo de suas primeiras experiências quanto no das últimas; refiro-me ao mundo do homem. Sanciona nele o instinto da massa obscura, a injustiça inconsciente do número, a derrota da inteligência e da virtude, a moral sem grandeza que guia a grande maré da espécie e que é manifestamente inferior à moral que pode conceber e desejar o espírito que se une à pequena maré mais clara que sobe a correnteza. Com efeito, faz mal este mesmo espírito em perguntar-se hoje se seu dever não está em buscar toda verdade, por conseguinte, tanto as verdades morais como as outras, mais nesse caos que em si mesmo, onde parecem relativamente tão claras e precisas?

Este espírito não pensa em renegar a razão nem a virtude de seu ideal, consagrado por tantos heróis e por tantos sábios, mas às vezes se diz que talvez esse ideal se formou demasiado à parte da massa enorme cuja beleza difusa pretende representar. Com razão pode temer até agora que adaptando sua moral à da Natureza, tivesse destruído o que parece ser a obra-prima da própria Natureza. Mas agora que a conhece um pouco melhor, e que algumas respostas, todavia obscuras, mas de amplitude imprevista, lhe fizeram entrever um plano e uma inteligência mais vastos do que podia imaginar, encerrando-se em si mesmo, tem menos medo, não tem já uma necessidade tão imperiosa de seu refúgio de virtude e razão particulares. Julga que o que é tão grande não poderia ensinar a diminuir-se. Quisera saber se não chegou o momento de submeter a um exame mais judicioso os seus princípios, as suas certezas e seus sonhos.

Repito: não pensa abandonar seu ideal humano. O mesmo que desde o início, dissuade deste ideal, ensina a voltar a ele. A Natureza não pode dar maus conselhos a um espírito a quem toda verdade que não seja ao menos tão nobre como a verdade de seu próprio desejo não parece bastante elevada para ser definitiva e digna do plano que procura abarcar. Nada muda de lugar em sua vida, a não ser para elevar-se com ele, e durante muito tempo se dirá todavia que continua a elevar-se quando se aproxima da antiga imagem do bem. Mas em seu pensamento tudo se transforma com maior liberdade, e pode descer impunemente em sua apaixonada contemplação, até amar como virtudes as contradições mais cruéis e imorais da vida, porque tem o pressentimento de que uma multidão de vales sucessivos conduzem ao planalto que espera. Esta contemplação e esse amor não impedem que, buscando a certeza, e ainda quando suas investigações o conduzam ao contrário do que ama, ajuste sua conduta à verdade mais humanamente bela e se atenha ao provisório mais elevado. O quanto aumente a virtude benfeitora, entra imediatamente em sua vida; tudo o que a diminui fica em suspenso, como esses sais insolúveis que não se movem senão na hora da experiência decisiva. Pode aceitar uma verdade interior, mas para obrar segundo essa verdade esperará, durante séculos se necessário, descobrir a relação que essa verdade deve ter com verdades infinitas o bastante para abarcar e superar todas as demais.

Em uma só palavra: separa a ordem moral da ordem intelectual, e não admite na primeira senão o que é maior e mais belo do que antes. E se é censurável separar estas duas ordens, como se faz com demasiada frequência na vida, para operar com um bem inferior ao que se pensa; ver o pior suceder ao melhor, dirigir sua ação acima de sua ideia, é sempre bom e razoável, pois a experiência humana nos permite esperar mais claramente, dia a dia, que o pensamento mais elevado que possamos alcançar será durante muito tempo ainda inferior à misteriosa verdade que buscamos. Ademais, mesmo que nada do que precede fosse verdade, restaria ao espírito humano uma razão simples e natural para ainda não abandonar seu ideal. Quanto mais força concede às leis que parecem propor o exemplo do egoísmo, da injustiça e da crueldade, tanto mais acrescenta ao mesmo tempo às outras que aconselham a generosidade, a piedade, a justiça, pois a partir do momento em que começa a igualar e proporcionar mais metodicamente as partes com que assinala o universo e a si mesmo, encontra nestas últimas leis algo tão profundamente natural como nas primeiras, posto que se acham inscritas tão profundamente nele como o estão as outras em tudo que o rodeia.

VI

Voltemos às bodas trágicas da rainha. No exemplo que nos ocupa, a Natureza quer, pois, com o objetivo da fecundação cruzada, que a cópula do zangão com a rainha só seja possível em pleno céu. Mas seus desejos se mesclam como uma rede, as suas leis mais caras têm de passar continuamente através das malhas de outras leis que em seguida passarão, por sua vez, através das malhas das primeiras.

Tendo povoado esse mesmo céu com inumeráveis perigos, ventos frios, correntes, tempestades, abismos, aves, insetos, gotas de água que obedecem também a leis invencíveis, é preciso que ela tome medidas para que a cópula seja o mais breve possível. E o é graças à morte fulminante do macho. Um abraço basta, e a continuação do matrimônio se realiza no próprio seio da esposa.

Esta volta a baixar à colmeia enquanto vibram atrás dela, como flâmulas, as entranhas desenroladas do amante. Alguns apidólogos afirmam que a esse regresso cheio de promessas, as operárias manifestam grande alegria. Buchner, entre outros, faz dele uma descrição detalhada. Observei muitas vezes esses regressos nupciais, e confesso não ter notado grande agitação, a não ser que se tratasse de uma rainha jovem saída à frente de um enxame e que representava a única esperança de uma cidade recém-fundada e, no entanto, ainda deserta. Então todas as trabalhadoras se acham inquietas e se precipitam ao seu encontro. Mas ordinariamente, ainda que o perigo que corre o porvir da cidade costume ser tão grande, parece que o esquecem. Previram tudo, até o momento em que permitiram a matança das rainhas rivais. Mas daí não passa o seu instinto: há como que uma lacuna em sua prudência. Parecem, pois, bastante indiferentes. Levantam a cabeça, reconhecem quiçá o testemunho mortal da fecundação mas, ainda receosas, não manifestam a alegria que nossa imaginação esperava. Positivas e lentas em iludir-se, antes de entregar-se à alegria esperam, provavelmente, outras provas. Não convém querer a qualquer preço que sejam lógicas nem humanizar ao extremo todos os sentimentos de pequenos seres tão diferentes de nós. Com as abelhas, como com os outros animais que levam em si um reflexo de nossa inteligência, chega-se raramente a resultados tão precisos como os que se descrevem nos livros. Demasiadas circunstâncias continuam sendo-nos desconhecidas. Por que mostrar as abelhas mais perfeitas do que são, dizendo o que não existe? Se alguns julgam que seriam mais interessantes se fossem iguais a nós, é que ainda não têm ideia exata do que deve despertar o interesse de um espírito sincero. O objetivo do observador não é maravilhar, mas compreender, e é tão curioso assinalar simplesmente as lacunas de uma inteligência e todos os indícios de um regime cerebral que difere do nosso como contar maravilhas disso e daquilo.

Por certo que a indiferença não é unânime, e quando a rainha, ofegante, chega à tábua de abordagem, formam-se alguns grupos que a acompanham ao interior, onde o sol, herói de todas as festas da colmeia, penetra a passos curtos e temerosos, e banha de luz e sombra os muros de cera e as cortinas de mel. A recém-casada não se perturba mais que seu povo, não há lugar para muitas emoções em seu estreito cérebro de rainha prática e bárbara. Não tem mais que uma preocupação: desprender-se o mais depressa possível das recordações importunas do esposo que estorvam seu caminhar. Senta-se no umbral e arranca com cuidado os órgãos inúteis, que várias operárias vão jogar longe; porque o macho lhe deu tudo o que possuía e muito mais que o necessário. Ela não guarda em sua espermateca senão o líquido seminal em que nadam milhões de germes, que até seu último dia virão um a um, ao passo dos ovos, realizar na sombra de seu corpo a união misteriosa do elemento macho e do elemento fêmea, de que nascerão as operárias. Em virtude de uma curiosa mudança, é ela que proporciona o princípio masculino e o macho, o princípio feminino. Dois dias depois da cópula, põe seus primeiros ovos, e em seguida o povo a rodeia de minuciosos cuidados. A partir daquele momento, dotada de um sexo duplo, encerrando em si um macho inesgotável, começa sua verdadeira vida, não sai nunca mais da colmeia, não volta a ver a luz do dia, a não ser para acompanhar um enxame. E sua fecundidade não pára até as proximidades da morte.

VII

Prodigiosas bodas, as mais fantásticas que possamos imaginar, azuis e trágicas, arrebatadas pelo impulso do desejo acima da vida, fulmíneas e impressionantes, únicas e deslumbrantes, solitárias e infinitas! Admirável embriaguez em que a morte, sobrevinda no que há de mais límpido e belo em torno desta esfera: o espaço virginal e sem limites, fixa na transparência augusta do grande céu o segundo da felicidade, purifica na luz imaculada o que o amor tem sempre de miserável, faz inesquecível o beijo e, contentando-se desta vez com um dízimo indulgente, cuida com suas mãos, momentaneamente maternais, de introduzir e juntar para um longo porvir inseparável, num só corpo, duas pequenas vidas frágeis!

A verdade profunda não tem esta poesia. Possui outra, que somos menos aptos para discernir, mas que acabaremos, quiçá, por compreender e amar. A Natureza não tratou de proporcionar a estes dois "resumos do átomo", como os chamaria Pascal, um matrimônio resplandecente, um minuto de amor ideal. Não visa nada além (como já dissemos) que o melhoramento da espécie pela fecundação cruzada. Para garanti-la, dispôs o órgão do macho de maneira tão particular que lhe é impossível fazer uso dele senão no ar. E antes de mais nada, é preciso que com um voo prolongado dilate completamente seus dois grandes sacos traqueais. Essas enormes bexigas que se enchem de ar impelem então as partes baixas do abdômen e permitem o exercício do órgão. Eis aqui todo o segredo fisiológico, bastante vulgar, dirão uns, quase repugnante, afirmarão outros, do voo admirável dos amantes, da deslumbrante perseguição dessas bodas magníficas.

VIII

"E nós — se pergunta um poeta — deveremos nos regozijar sempre sobre a verdade?"

Sim, a propósito de tudo, em todo momento, em todas as coisas, regozijemo-nos não sobre a verdade, o que é impossível, posto que ignoramos onde ela se encontra, mas sobre as pequenas verdades que vislumbramos. Se algum acaso, alguma recordação, alguma ilusão, alguma paixão, qualquer motivo, enfim, faz com que um objeto nos pareça mais belo que os demais, esse motivo, desde já, deve-nos ser grato. Quiçá não seja mais que um erro, mas o erro não impede que o momento em que o objeto nos parece mais admirável seja aquele em que temos mais probabilidades de discernir sua verdade. A beleza que lhe atribuímos dirige nossa atenção para sua beleza e sua elevação reais, que não são fáceis de descobrir, e se encontram nas relações que todo objeto tem necessariamente com leis, forças gerais e eternas. A faculdade de admirar que teremos feito nascer, a propósito de uma ilusão, não estará perdida para a verdade, que virá, cedo ou tarde. Com palavras e sentimentos, no calor gerado por antigas belezas imaginárias é onde a humanidade acolhe hoje verdades que talvez não teriam nascido, e não teriam podido encontrar um ambiente favorável, se essas ilusões sacrificadas não tivessem ocupado antes o coração e a mente em que as verdades vão penetrar. Ditosos os olhos que não necessitam ilusão para ver que o espetáculo é grande! Aos demais é a ilusão que ensina a ver, admirar e gozar. E por mais alto que olhem, nunca será demasiado. Ao aproximar-nos da verdade, esta se eleva, e ao admirá-la nos aproximamos dela. E por mais alto que gozem os olhos, não gozarão jamais no vazio nem acima da verdade desconhecida e eterna que subsiste sobre todas as coisas como beleza em suspenso.

IX

Quer dizer que nos apegaremos às mentiras, a uma poesia voluntária e real, e que, na falta de coisa melhor, não gozaremos senão nelas? Quer dizer que o exemplo que temos em vista — não é nada, em si, mas nos detemos nele porque representa outros mil e nossa atitude em presença de diversas ordens de verdades —, descuidaremos a explicação fisiológica para não reter e saborear senão a emoção desse voo nupcial, que, seja qual for sua causa, não deixa de ser um dos atos líricos mais formosos dessa força subitamente desinteressada e irresistível a que obedecem todos os seres vivos e que se chama o amor? Nada seria mais pueril, nada seria mais impossível, graças aos excelentes costumes que hoje adquiririam todos os espíritos de boa-fé.

O pequeno fato do exercício do órgão do zangão, que não pode ter efeito senão depois do inchaço das vesículas traqueais, é admitido, evidentemente, por ser incontável. Mas se nos contentássemos com ele, se nada visássemos além, se dele tirássemos como consequência que qualquer pensamento que vai demasiado longe ou demasiado alto faz mal, necessariamente, e que a verdade se encontra sempre no detalhe material; se não buscássemos onde sequer que fosse, em certezas amiúde mais extensas que aquelas que a pequena explicação nos obrigou a abandonar, por exemplo, no estranho mistério da fecundação cruzada, na perpetuação da espécie e da vida, no plano da Natureza; se não buscássemos nele uma continuação dessa explicação, um prolongamento de beleza e de grandeza no desconhecido, quase me atrevo a assegurar que passaríamos a existência em maior distância da verdade que os que se obstinam cegamente na interpretação poética e inteiramente imaginária dessas bodas maravilhosas. Enganam-se evidentemente sobre a forma ou o matiz da verdade, mas vivem sob sua impressão e em sua atmosfera muito melhor que os que se gabam de tê-la inteira na mão. Estão preparados para recebê-la, há neles um espaço mais hospitaleiro, e, se não a veem, dirigem ao menos os olhos para o ponto de formosura e de grandeza em que é bom crer que se encontra.

Ignoramos o fim da Natureza, que é para nós a verdade que domina todas as outras. Mas pelo amor mesmo dessa verdade, e para manter em nossa alma o ardor de sua investigação, é necessário que a creiamos grande. E se um dia reconhecemos que nos equivocamos, que é pequena e incoerente, graças à animação que nos havia dado sua presumida grandeza, descobrimos sua pequenez, e essa pequenez, caso certa, nos ensinará o que se deverá fazer. Enquanto isso, não é demais, para ir em seu encalço, pôr em movimento o quanto nossa razão e nosso coração possuem de mais poderoso e de mais audaz. E mesmo que a última palavra de tudo isto fosse miserável, não será pouco o ter posto a nu a pequenez ou a inanição do objeto da Natureza.

X

Um dos grandes fisiólogos contemporâneos, certo dia em que passeava pelo campo, dizia-me:

"Ainda não há verdade para nós. Ainda não há verdade, mas em toda parte há três boas aparências de verdade. Cada qual faz sua escolha, ou melhor, a suporta, e essa escolha, que suporta ou que costumeiramente faz sem refletir e na qual se mantém; determina a forma e a conduta do quanto penetra nele.

O amigo que encontramos, a mulher que se aproxima sorrindo, o amor que abre nosso coração, a morte ou a tristeza que voltam a fechá-lo, o céu de setembro que contemplamos, esse jardim soberbo e encantador, em que se veem, como na *Psiquis, de Corneille*, "caramanchões de verdura sustentados por balizas douradas", o rebanho que passa e o pastor que dorme, as últimas casas da aldeia, o oceano entre as árvores; tudo se apequena ou se agiganta, tudo se engalana ou se despoja antes de entrar em nós, segundo o pequeno sinal que lhe faz nossa escolha. Aprendamos a escolher a aparência. No declive de uma vida em que tanto busquei a pequena verdade e a causa física, começo a querer não o que afasta delas, mas o que as precede, e, sobretudo, o que as deixa um pouco para trás".

Havíamos chegado ao topo de uma meseta da região de Caux, na Normandia, suave como um parque inglês, mas natural e sem limites. É um dos raros pontos do globo onde a campina se mostra completamente sadia, de um verde sem fraquezas. Um pouco mais ao norte, é ameaçada pela aspereza; um pouco mais ao sul, o sol a fadiga e tosta. No extremo de uma planície que se estende até o mar, vários camponeses erigiam um montão de trigo.

"Veja só, vistos daqui, são belos. Constróem uma coisa tão simples e tão importante, que é por excelência o momento feliz quase invariável da vida humana que se fixa: uma meda de trigo. A distância e o ar da tarde fazem de seus gritos de alegria uma espécie de canto sem letra que responde ao nobre canto das folhas que falam sobre nossas cabeças. Em cima deles, o céu é magnífico, como se espíritos benévolos, dotados de palmas de fogo, tivessem varrido toda a luz para o feixe para iluminar por mais tempo o trabalho. E a marca das palmas ficou no céu. Veja só a humilde igreja que os domina e vigia, à meia altura da encosta, entre as copadas tílias e a relva do cemitério familiar que contempla o oceano natal. Levantam harmoniosamente seu monumento de vida sob os monumentos de seus mortos que fizeram os mesmos gestos, e que não estão ausentes.

"Tente abarcar o conjunto: nenhum detalhe demasiado particular, demasiado característico, como se encontraria na Inglaterra, na Provença ou na Holanda. É o quadro amplo, vulgar o bastante para ser simbólico, de uma vida natural e feliz. Veja você, pois, a eurritmia da existência humana em seus movimentos úteis. Veja só o homem que conduz os cavalos, o corpo do que estende o feixe sobre o forcado, as mulheres inclinadas sobre o trigo e os meninos que brincam... Não mudaram de lugar uma só pedra, não removeram uma pá de terra para embelezar a paisagem; não dão um passo, não plantam uma árvore, não semeiam uma flor que não sejam necessários. Esse quadro não é mais que o resultado involuntário do esforço do homem para subsistir por um momento na Natureza; e por certo aqueles de nós que não se ocupam senão em imaginar ou criar espetáculos de paz, de graça ou de pensamento profundo, não encontraram nada mais perfeito, e vêm simplesmente pintar ou descrever isto quando querem representar-nos um aspecto da beleza ou da felicidade. Eis aqui a primeira aparência que alguns chamam de verdade".

XI

"Acerque-nos. Consegue distinguir o canto que respondia tão bem à folhagem das grandes árvores? Compõe-se de palavras soltas e injúrias; quando o riso estala é que um homem ou uma mulher diz uma indecência, ou mofam do mais fraco, do assoberbado que não consegue levantar sua carga, do coxo, do idiota.

"Há muitos anos que os observo. Estamos na Normandia: a terra é úmida e fácil de trabalhar. Há em torno desse montão de trigo um pouco mais de bem-estar do que supõe, em outro aspecto, uma cena desse gênero. Por conseguinte, a maior parte dos homens são alcoólatras, e muitas mulheres também. Outro veneno que não necessito nomear corrói também a raça. São-lhe devidos, como ao álcool, esses filhos que você vê: um com as pernas para dentro, outro, para fora, outro com lábios leporinos, aquele hidrocéfalo. Todos, homens e mulheres, jovens e velhos, têm os vícios ordinários do camponês. São brutais, hipócritas, embusteiros, rapaces, maldizentes, desconfiados, invejosos, inclinados aos pequenos benefícios ilícitos, às interpretações maliciosas, à adulação do mais forte. A necessidade os une e os obriga a se ajudarem entre si, mas o desejo secreto de todos está em prejudicar-se mutuamente sempre que possam fazê-lo sem perigo. A desgraça alheia é o único prazer sério da aldeia. Um grande infortúnio é aqui o objeto, longamente acariciado, de disfarçados deleites. Espionam-se, têm inveja uns dos outros, desprezam-se, odeiam-se. Enquanto são pobres, abrigam contra a dureza e a avareza de seus amos um ódio consciente e concentrado; se, por sua vez, têm criados, se aproveitam da experiência da servidão para superar a dureza e a avareza que sofreram.

"Poderia enumerar em detalhe as mesquinharias, as velhacarias, as tiranias, as injustiças, os rancores que animam esse trabalho banhado de espaço e de paz. Não creia que a vista desse céu admirável, do mar que estende atrás da igreja outro céu mais sensível e que flui sobre a terra como um grande espelho de consciência e sabedoria, não creia que isso os dilate nem eleve. Não o contemplaram nunca. Nada agita nem guia seus pensamentos, senão três ou quatro temores circunscritos: temor à fome, medo da força, da opinião e da lei, e, na hora da morte, o terror ao inferno. Para fazer ver o que são, seria preciso examiná-los um por um. Contemple aquele mais alto, da esquerda, que tem aspecto jovial e lança tão formosos feixes. No verão passado seus amigos quebraram-lhe o braço direito numa briga da taberna. Eu mesmo cuidei da fratura, que era má e complicada.

Cuidei dele por muito tempo, dei-lhe com que viver até que pudesse voltar a trabalhar. Vinha à minha casa diariamente. Aproveitou-se para propagar pela aldeia as falsidades de que me havia surpreendido abraçando minha cunhada e que minha mãe se embriagava. Ele não é mau; nem me quer mal, ao contrário. Observe: ao ver-me, sorri sinceramente. O que o impelia era o ódio social. O camponês não odeia o rico: respeita demasiado a riqueza. Mas se me afigura que meu bom carpidor não compreendia porque o curava sem tirar partido disso. Suspeita alguma artimanha e não queria deixar-se enganar. Mais de um, rico ou pobre, teria feito o mesmo, ou até pior, antes dele. Não acreditava mentir, repetindo suas invenções; obedecia a uma ordem confusa da moralidade circunstante. Respondia sem sabê-lo, e por dizer assim, malgrado ele mesmo, ao desejo onipotente da malevolência geral... Mas, para que terminar um quadro que todos conhecem, os que viveram alguns anos no campo? Eis aqui a segunda aparência que a maioria chama de verdade. É a verdade da vida necessária. É certo que descansa sobre os fatos mais precisos, sobre os únicos que todo homem pode observar e experimentar".

XII

"Sentemo-nos sobre estes montículos — continuou — e observemos. Não desperdicemos nenhum dos pequenos fatos que formam a realidade do que disse. Deixemos que se afastem por si mesmo no espaço. Estorvam no primeiro plano, mas é preciso reconhecer que por detrás deles há uma grande força, muito admirável, que mantém todo o conjunto. Somente o mantém? Não o eleva, ademais? Esses homens que vemos não são inteiramente as feras de La Bruyère, que tinham como que uma voz articulada, e se retirava à noite a seus abrigos, onde viviam de pão preto, água e raízes...

"Dirás que a raça é menos forte e menos sã. É possível; o álcool e a outra praga são acidentes que a humanidade deve vencer. Talvez sejam provas de que alguns de nossos órgãos como os nervos, por exemplo, tirarão vantagem, pois regularmente vemos que a vida se aproveita dos males que domina. Ademais, a menor coisa que se pode encontrar amanhã bastará para fazê-los inofensivos. Não é pois isso o que nos obriga a restringir nosso olhar. Esses homens têm ideias e sentimentos que ainda não tinham os de La Bruyère.

— Prefiro a besta simples e nua à odiosa semibesta — murmurei.

— Falais assim segundo a primeira aparência que vimos, a dos poetas — retorquiu —; não a misturemos com o que examinamos. Essas ideias e sentimentos são pequenos e baixos, se assim o quiserdes, mas o pequeno e o baixo é já melhor que o que não existe. Quase não lhe serve mais que para prejudicar-se e persistir na mediocridade em que se acham, mas amiúde assim sucede na Natureza. Os dons que esta concede não servem de início senão para o mal, para piorar o que parecia querer melhorar, mesmo que ao fim de tudo, de todo esse mal resulte sempre algum bem. Quanto ao mais, não tenho empenho algum em provar o progresso; segundo ponto de vista, é considerado coisa muito pequena ou muito grande. Fazer algo menos servil, algo menos penosa a condição humana, é ponto enorme, quiçá o ideal mais seguro; mas avaliada por um espírito, um instante desinteressado das consequências materiais, a distância entre o homem que caminha à frente do progresso e o que se arrasta cegamente atrás dele não é considerável. Entre esses jovens simplórios, em cujo cérebro não se agitam mais que ideias informes, há vários nos quais se encontra a possibilidade de alcançar em pouco tempo o grau de consciência em que nós dois vivemos. Muitas vezes surpreende o intervalo insignificante que separa a inconsciência dessa gente, que parece completa, da consciência que é tida como mais elevada.

"Por outro lado, de que está feita essa consciência de que estamos tão orgulhosos? De muito mais sombra que luz, de muito mais ignorância adquirida que de ciência, de muito mais coisas das quais sabemos que devemos renunciar a conhecer que coisas que conhecemos. Por certo que constitui nossa dignidade, nossa grandeza mais positiva e, provavelmente, o fenômeno mais surpreendente deste mundo. Ela nos permite levantar a cabeça em presença do princípio desconhecido e dizer-lhe: Ignoro-vos, mas algo em mim já vos abarca. Destruir-me-eis, talvez, mas se não fordes para formar com meus restos um organismo melhor que o meu, vos mostrareis inferior ao que eu sou, e o silêncio que se seguirá à morte da espécie a que pertenço vos dará a conhecer que fostes julgado. E se nem sequer sois capaz de cuidar que vos julgueis justamente, que importa vosso segredo? Já não temos interesse em penetrá-lo. Deve ser estúpido, e horrível. Produzistes, por acaso, um ser que não estáveis em condições de produzir. É para ele uma sorte que o tenhais suprimido por uma casualidade contrária antes que tivesse medido o fundo de vossa inconsciência, e maior sorte ainda que não sobreviva à série infinita de vossas espantosas experiências. Nada tinha que fazer num mundo onde sua inteligência não respondia a nenhuma inteligência eterna, em que seu desejo de melhorar não podia chegar a nenhum bem real."

"Repito: o progresso não é necessário para que o espetáculo nos apaixone. O enigma basta, e esse enigma é tão grande, tem tanto brilho misterioso nesses camponeses como em nós mesmos. É encontrado por toda parte quando se segue a vida até seu princípio todo-poderoso. A esse princípio, de século em século, modificamos o epíteto. Houve alguns que eram precisos e consoladores. Depois se reconheceu que esse consolos e essa precisão eram ilusórios. Mas chamemo-lo Deus, Providência, Natureza, Acaso, Vida ou Destino, o mistério continua sendo o mesmo, e ainda que milhares de anos de experiência nos tenham ensinado a dar-lhe um nome mais vasto, mais próximo de nós, mais flexível, mais dócil à esperança e ao imprevisto: o que leva hoje, e por isso nunca pareceu maior. Este é um dos numerosos aspectos da terceira aparência e última verdade".

LIVRO SEXTO

A MATANÇA DOS ZANGÕES

I

Depois da fecundação das rainhas, se o céu está limpo e o ar quente, se o pólen e o néctar abundam nas flores, as operárias, por uma espécie de indulgência esquecida, ou quiçá por previsão excessiva, ainda toleram por algum tempo a presença inoportuna e ruinosa dos machos. Estes se comportam na colmeia como os pretendentes de Penélope na casa de Ulisses. Ter vida regalada e alegre, levando existência de amantes honorários, pródigos e faltos de delicadeza: satisfeitos e pançudos, obstróem as ruas, estorvam a circulação, dificultam o trabalho, dão e recebem empurrões, tumultuosos, presunçosos, cheios de um desprezo inconsciente e sem malícia, se bem que desprezados com inteligência e intenção, inconscientes do ódio que se acumula, do destino que os espera. Escolhem para dormitar o canto mais macio de sua morada; levantam-se indolentemente para ir sorver nas células abertas o mel mais perfumado e sujam com seus excrementos os favos que frequentam. As pacientes operárias pensam no futuro e reparam o dano em silêncio. Das doze às três da tarde, quando a campina azulada treme de feliz cansaço sob o olhar invencível de um sol de julho ou agosto, aparecem no umbral. Ostentam um elmo composto de enormes pérolas negras, dois altos penachos animados, um jibão de veludo leonino e luminoso, um velo heroico, um quá-druplo manto rígido e translúcido. Fazem um ruído terrível, apartam as sentinelas, derrubam as ventiladoras, fazem cair as operárias que voltam, carregadas com seu humilde carregamento. Têm o porte atarracado, extravagante e intolerável de deuses indispensáveis que saem em tumulto para algum fim ignorado. Um após outro enfrentam o espaço, gloriosos, irresistíveis, e vão pousar tranquilamente sobre as flores mais próximas, onde dormem até que a fresca do entardecer os desperta. Então voltam à colmeia no mesmo torvelinho imperioso, e, levados sempre pelo mesmo propósito intransigente, correm aos depósitos, enfiam a cabeça até o pescoço nas cubas de mel, enchem-se como ânforas para reparar suas forças esgotadas, e voltam, pesados, a entregar-se a um bom sono, sem inquietude que os perturbe até a próxima refeição.

II

Mas a paciência das abelhas não é igual à dos homens. Uma manhã circula pela colmeia o sinal esperado, e as tranquilas operárias se convertem em juízes e verdugos. Não se sabe quem dá o sinal; emana de pronto da indignação fria e premeditada das trabalhadoras, e segundo o gênio da república unânime, mal pronunciado, enche os corações. Parte do povo renuncia à coleta para consagrar-se hoje à obra de justiça. Os gordos folgazões, adormecidos em cachos indolentes sobre os muros melíferos, são bruscamente despertados por um exército de virgens irritadas. Estonteados, não podem acreditar no que veem, e, com seu assombro, lhes custa ver claro através de sua preguiça, como um raio de luz através da água de um pântano. Imaginam que são vítimas de um equívoco, olham ao seu redor com estupefação, e como a ideia-mãe de sua vida logo se reanima em seus cérebros embotados, dão um passo para as cubas de mel para confortar-se nelas. Mas já passou o tempo do mel de maio, do vinho da flor das tílias, da franca ambrosia da sálvia, do tomilho, do trevo branco, do manjericão. Em vez do livre acesso aos depósitos cheios que abriam sob sua boca os gargalos de cera complacentes e doces, encontram ao redor um ardente espinheiro de dardos envenenados que se eriçam. A atmosfera da colmeia mudou. O perfume amistoso do néctar cedeu lugar ao acre odor do veneno, cujas mil gotinhas brilham na ponta dos ferrões e propagam o rancor e o ódio. Antes que se dê conta do fracasso inaudito de seu destino de abundância, do transtorno das felizes leis da cidade, cada um dos parasitas espantados é acometido por três ou quatro justiceiras, que lhe cortam as asas, serram o pecíolo que une o abdômen ao tórax, amputam-lhe

as antenas febris, deslocam as patas, buscam uma fenda nos anéis da couraça para afundar nela sua espada. Enormes, mas sem armas, desprovidos de ferrão, não pensam em defender-se, procuram evadir-se ou não opõem mais que sua massa obtusa aos golpes que os abatem. Derrubados de costas, agitam torpemente no extremo de suas poderosas patas as suas inimigas, que não soltam a presa, ou girando sobre si mesmo arrastam o grupo num torvelinho louco, mas logo extenuado. Pouco tempo depois se encontram num estado tão lastimável, que a piedade, que nunca está longe da justiça no fundo de nosso coração, volta depressa, e pediria perdão, mas inutilmente, às duras obreiras, que só conhecem a lei profunda e seca da Natureza. As asas dos infelizes são laceradas, seus tarsos arrancados, suas antenas roídas e seus magníficos olhos negros, espelhos das flores exuberantes, refletores do azul celeste e da inocente arrogância do estio, agora suavizados pelo sofrimento, não refletem mais que a miséria e a angústia do fim. Alguns sucumbem a seus ferimentos e são imediatamente transportados por dois ou três de seus verdugos aos cemitérios distantes. Outros, menos feridos, conseguem arranjar algum esconderijo onde se apinham, e onde uma guarda inexorável os bloqueia, até que morrem de fome. Muitos conseguem chegar à porta e escapar para o espaço, arrastando suas adversárias, mas ao entardecer, acossados pela fome e frio, voltam em massa à entrada da colmeia, a implorar abrigo. Ali encontram outra guarda inflexível. No dia seguinte, em sua primeira saída, as operárias desimpedem o umbral onde se amontoam os cadáveres dos gigantes inúteis, e a recordação da raça ociosa se extingue na cidade até a primavera seguinte.

III

Amiúde a matança tem efeito no mesmo dia em grande número de colônias do colmeal. Dão o sinal as mais ricas, as mais bem governadas. Poucos dias depois, são imitadas pela pequenas repúblicas menos prósperas.

Somente as colmeias mais pobres, as mais fracas, aquelas cuja mãe é muito velha e quase estéril, para não abandonar a esperança de ver fecundar a rainha virgem que esperam e que ainda pode nascer, mantêm a seus zangões até a entrada do inverno. Então chega a miséria inevitável, e a tribo — mãe, parasitas, operárias — se apinha num grupo faminto e estreitamente enlaçado que perece em silêncio na sombra da colmeia antes das primeiras neves.

Depois da execução dos ociosos nas cidades populosas e opulentas, se reata o trabalho, mas com ardor decrescente, porque o néctar começa a escassear.

As grandes festas e os grandes dramas passaram. O corpo milagroso adornado de miríades de almas, o nobre monstro sem sono, alimentado de flores e de rocio, a gloriosa colmeia dos formosos dias de julho, gradualmente adormece, e seu alento quente, saturado de perfumes, enlanguesce e gela.

O mel de outono, para completar as provisões indispensáveis, se acumula, porém, dentro dos muros da cidade, e os últimos depósitos são selados com o selo de cera branca incorruptível. Deixa-se de edificar, os nascimentos diminuem, as mortes se multiplicam, as noites se alongam e os dias se encurtam.

As chuvas e os ventos inclementes, as brumas matinais, as emboscadas da noite demasiado pronta ceifam às centenas as trabalhadoras, que não voltam, e o pequeno povo, tão ávido de sol como as cigarras da África, sente estender-se sobre ele a fria ameaça do inverno.

O homem tomou parte da colheita. Cada uma das boas colmeias ofereceu 80 ou 100 libras de mel. As mais maravilhosas dão, por vezes, 200, que representam enormes camadas de luz liquefeita, imensos campos de flores, visitadas uma por uma mil vezes por dia. Agora lança uma última vista às colônias, que entumecem. Tira das mais ricas seus tesouros supérfluos para distribuí-los às empobrecidas por infortúnio, sempre imerecido nesse mundo laborioso. Cobre cuidadosamente as moradas, para preservá-las do frio tanto quanto possível, deixa as portas semicerradas, remove os quadros inúteis e entrega as abelhas a seu grande sono invernal. Elas se reúnem então no centro da colmeia, se contraem e se suspendem dos favos que encerram as urnas fiéis, das quais sairá, durante os dias gelados, a substância transformada do estio. A rainha se acha no meio, rodeada de sua guarda. A primeira fila de operárias se agarra às células fechadas, cobre-as outra fila, recoberta por sua vez por uma terceira, e assim sucessivamente até a última que forma o envoltório. Quando as abelhas deste envoltório se sentem invadidas pelo frio, entram na massa e outras as substituem, por sua vez. O cacho suspenso é como esfera mole e fulva, que cinde as paredes de mel, que sobe ao acaso, avança ou retrocede de maneira insensível à medida que se esgotam as células de cujo conteúdo se alimentam. Porque, contra o que geralmente se crê, a vida hibernal das abelhas é mais lenta, mas não está paralisada.[1] Com o atrito concentrado de suas asas, pequenas irmãs sobreviventes dos raios do sol, que se ativam ou se acamam, segundo as flutuações da temperatura exterior, mantêm em sua esfera um calor invariável e igual ao de um dia de primavera. Essa primavera secreta emana do formoso mel, que não é mais que um raio de calor previamente transformado, que agora volta à sua primitiva forma. Circula na esfera como sangue generoso. As abelhas que estão sobre os alvéolos transbordantes o oferecem às suas vizinhas, que o transmitem por sua vez.

Assim passa de garra em garra, de boca em boca e chega às extremidades do grupo, que não tem mais que uma ideia e um destino disseminado e reunido em milhares de corações. Faz as vezes de sol e flores, até que seu irmão maior, o sol verdadeiro da grande primavera real, escorrendo pela porta entreaberta seus primeiros fracos relances, em que renascem as violetas e as anêmonas, desperta suavemente as operárias para fazer-lhes ver que a azulada luz volta a ocupar seu lugar no mundo e que o círculo não interrompido que une a morte à vida acaba de dar uma volta sobre si mesmo e começa a reanimar-se.

1. Uma colmeia das grandes, durante a invernada, que em nossas comarcas dura uns seis meses, quer dizer, de outubro a princípios de abril, consome de ordinários de 20 a 30 libras de mel.

LIVRO SÉTIMO

O PROGRESSO DA ESPÉCIE

I

Antes de terminar este livro, quero recolher uma objeção que raramente deixam de fazer aqueles a quem se revela o governo e a indústria surpreendente das abelhas. "Sim — murmuram —, tudo isso é prodigioso, se bem que imutável. Há milhares de anos que vivem sob leis notáveis, mas há milhares de anos que essas leis são as mesmas. Há milhares de anos que constróem seus favos, admiráveis, aos quais nada se pode acrescentar nem tirar, onde se une, em igual perfeição, a ciência do químico à do geômetra, a do arquiteto à do engenheiro; mas esses favos são exatamente idênticos aos que se encontram nos sarcófagos ou vemos representados nas pedras e nos papiros egípcios. Citai-nos um só fato que marque o menor progresso, apresentai-nos um detalhe em que tenham inovado, um ponto em que tenham modificado sua rotina secular. Então nos inclinaremos e reconheceremos que nelas há não só um instinto admirável, mas uma inteligência que tem direito a comparar-se com a do homem, e a esperar com ela não sei que destino mais alto que o da matéria inconsciente e submissa".

Não é somente o profano que fala assim; entomólogos do valor de Kirby e Spence empregaram o mesmo argumento para negar às abelhas inteligência que não seja a que se agita vagamente na estreita prisão de um instinto surpreendente e invariável. "Relatai-nos — dizem — um só caso em que, premidas pelas circunstâncias, lhes haja ocorrido, por exemplo, substituir a cera e o própolis pela argila ou argamassa, e conviremos que são capazes de raciocinar.

Este argumento, que Romanes chama *The question begging argument* e que poderia chamar-se também "o argumento insaciável", é dos mais perigosos e, aplicado ao homem, nos levaria muito longe. Pensando bem, emana desse *simples bom senso*, que costuma causar grandes males e que era contestado por Galileu: "Não é a Terra que gira, posto que vejo deslocar-se o Sol no céu, subir pela manhã e baixar pela tarde, e nada pode prevalecer sobre o testemunho de meus olhos". O bom senso é excelente e necessário no fundo de nosso espírito, mas na condição de que uma inquietude elevada o vigie e o recorde, se for mister o infinito de sua ignorância; do contrário, não é mais que a rotina das partes baixas de nossa inteligência. Por outro lado, as próprias abelhas contestaram a abjeção de Kirby e Spence. Apenas formulada, outro naturalista, Andrew Knight revestiu com uma espécie de cimento composto de cera e terebintina a casca doente de certas árvores, observou depois que suas abelhas tinham renunciado por completo a recolher própolis e só usavam aquela matéria desconhecida, de imediato experimentada e aprovada, que encontravam preparada e em abundância nas proximidades de sua casa.

A metade da ciência e da prática apícola é a arte de dar início ao espírito de iniciativa da abelha, proporcionar à sua inteligência empreendedora a ocasião de exercitar-se e tornar eficazes os descobrimentos e as invenções. Quando o pólen é raro nas flores, os apicultores, a fim de ajudar a cria de larvas e ninfas, que o consomem enormemente, espargem certa quantidade de farinha perto do colmeal. É evidente que no estado natural, no seio de seus bosques natais ou dos vales asiáticos em que viram provavelmente a luz na Era Terciária, não encontraram nunca qualquer substância deste gênero. Se se tiver o cuidado de aprisionar algumas, colocando-as sobre farinha esparramada, provam-na, saboreiam-na, reconhecem suas qualidades quase equivalente ao pó das anteras, voltam à colmeia, anunciam a notícia a suas irmãs, e todas as colhedeiras acodem ao alimento inesperado e incompreensível que, em sua memória hereditária, deve ser inseparável do cálice das flores onde há tantos séculos seu roubo é tão voluptuosos e suntuosamente acolhido.

II

Só há uns cem anos, desde os trabalhos de Huber, que se começou a trabalhar seriamente com as abelhas e a descobrir as primeiras verdades importantes que permitem observá-las com proveito. Há pouco mais de cinquenta anos que, graças aos favos e quadros móveis de Dzierzon e Langstroth, se funda a apicultura racional e prática. Desde então a colmeia cessa de ser a inviolável casa em que tudo se passava num mistério que não podíamos penetrar senão depois de a morte tê-la convertido em ruínas. Há menos de cinquenta anos que o aperfeiçoamento do microscópio e do laboratório do entomólogo revelaram o segredo preciso dos principais órgãos das operárias, da mãe e dos zangões. Haverá algo de surpreendente que nossa ciência seja tão curta quanto nossa experiência? As abelhas vivem há milhares de anos, e as observamos há dez ou doze lustros. Mesmo que estivesse provado que nada mudou na colmeia desde que a abrimos, teríamos direito a deduzir que nada se modificou nela antes que a tivéssemos interrogado? Não sabemos que, na evolução de uma espécie, um século se perde como uma gota de chuva nos torvelinhos de um rio, e que sobre a vida da matéria universal, os milênios passam tão depressa quanto os anos sobre a história de um povo?

III

Mas não se provou que nada tenha mudado nos costumes das abelhas. Examinando-as, sem prevenção, e sem sair do pequeno campo iluminado por nossa experiência atual, encontrar-se-iam, pelo contrário, variações mui apreciáveis. E que dirá das que nos escapam? Um observador que tivesse umas cento e cinquenta vezes nossa altura e setecentas mil vezes o nosso peso (estas são as relações de nosso porte e peso com os da humilde abelha), que não entendesse a nossa língua e estivesse dotado de sentidos completamente diferentes dos nossos, se daria conta que se operam curiosas transformações materiais durante os dois últimos terços deste século. Mas como poderia fazer ideia de nossa evolução moral, social, religiosa, política e econômica?

Logo a mais verossímil das hipóteses científicas nos permitirá incluir nossa abelha doméstica na grande tribo dos *Apiens*, onde se encontram provavelmente seus antepassados e que compreende todas as abelhas silvestres[1]. Assistiremos então a transformações fisiológicas, sociais, econômicas, industriais e arquitetônicas mais extraordinárias que as de nossa evolução humana. Por ora nos limitaremos a nossa abelha doméstica propriamente dita. Contam-se umas dezesseis espécies suficientemente distintas, mas no fundo, quer se trate da *Apis dorsata*, a maior, ou da *Apis florea*, a menor que se conhece, é exatamente o mesmo inseto, mais ou menos modificado pelo clima e as circunstâncias às quais teve de se adaptar. Todas essas espécies não diferem entre si muito mais do que difere um inglês de um espanhol, ou um japonês de um europeu. Limitando assim nossas primeiras observações, não consignaremos aqui senão o que veem nossos olhos e neste momento mesmo, sem a ajuda de nenhuma hipótese, por verossímil e imperiosa que seja. Não passaremos em revista todos os fatos que poderíamos invocar. Bastarão, rapidamente enumerados, alguns dos mais significativos.

IV

De início, o melhoramento mais importante e mais radical, que corresponderia no homem a imensos trabalhos: a proteção exterior da comunidade.

As abelhas não habitam, como nós, em povoados ao descoberto, entregues aos caprichos do vento e da chuva, mas em cidades inteiramente cobertas por um envoltório protetor. Pois bem: na Natureza, e sob clima ideal, não sucede o mesmo. Se não escutassem mais que o fundo de seu instinto, construiriam seus favos ao ar livre. Nas Índias, a *Apis dorsata* não busca avidamente as árvores ocas ou as cavidades das rochas. O enxame se suspende de um ramo e o favo se alarga; a rainha põe ovos, as provisões se acumulam, sem mais abrigo que os corpos das operárias. Nossa abelha setentrional foi

1. Eis o posto que ocupa a abelha doméstica na classificação científica:
Classe .... Insetos
Ordem .... Himenópteros
Família .... *Apides*
Gênero .... *Apis*
Espécie .... *Melífica*
O termo melífica é da classificação lineana. Não é dos mais felizes, pois todas as *Apides*, salvo algumas espécies parasitas, são melíficas. Scopoli diz ceríferas; Réaumur, doméstica; Geoffroy, gregaria. A *Apis ligústica*, a abelha italiana, é uma variedade da Apis melítica.

vista, às vezes, enganada por um estio demasiado temperado, voltar a esse instinto, e foram encontrados enxames que viviam assim ao ar livre, em meio ao mato.[2]

Mas nas Índias, esse costume, que parece inato, tem deploráveis consequências. Imobiliza tal número de operárias, unicamente ocupadas em manter o calor necessário em torno das que produzem a cera e cuidam das crias, que a *Abis dorsata*, suspensa dos galhos, não constrói mais que um favo. Em contrapartida, o menor abrigo lhe permite edificar quatro, cinco ou mais, e em igual proporção reforça a população e a prosperidade de sua colônia. Por isso, todas as raças de abelhas das regiões frias e temperadas abandonaram quase por completo esse método primitivo. É evidente que a seleção natural sancionou a iniciativa inteligente do inseto, não deixando sobreviver ao nosso inverno senão as tribos mais numerosas e melhor protegidas. O que não fora senão uma ideia contrária ao instinto, veio a converter-se pouco a pouco num costume instintivo. Mas não é menos certo que o renunciar assim à vasta luz natural e adorada, para estabelecer-se nos obscuros ocos de um tronco ou de uma caverna, foi a princípio uma ideia audaz e provavelmente cheia de observações, experiências e arrazoados. Quase se poderia dizer que foi tão importante para os destinos da abelha doméstica quanto a invenção do fogo para os do gênero humano.

V

Depois de um grande progresso que, apesar de ser antigo e hereditário, continua sendo atual, encontramos uma multidão de detalhes infinitamente variáveis que nos provam que a indústria e até a política da colmeia não estão em determinadas fórmulas infrangíveis. Acabamos de falar da substituição inteligente do pólen pela farinha e do própolis por um cimento artificial. Vimos com que habilidade

2. O caso é até frequente entre os enxames secundários e terciários, porque têm menos experiência e são menos prudentes que o enxame primário. Têm à frente uma rainha virgem e vaidosa, e se compõem quase inteiramente de abelhas jovens, nas quais o instinto primitivo fala mais alto por ignorarem o rigor e os caprichos de nosso céu bárbaro. Ademais, nenhum destes enxames sobrevive aos primeiros frios outonais, e vão juntar-se às inumeráveis vítimas das lentas e obscuras experiências da Natureza.

sabem as abelhas adequar a suas necessidades as moradas às vezes desconcertantes em que se introduzem. Vimos também com que engenho imediato e surpreendente tiraram partido dos favos de cera com alvéolos embrionários que lhes foram oferecidos. Neste caso, a utilização engenhosa de um fenômeno milagrosamente feliz, mas incompleto, é extraordinária. Para compreender ao homem, lhes bastou meia palavra. Imaginem que há séculos edificamos nossas cidades, não com pedras, cal e ladrilhos, mas com uma substância maleável, penosamente segregada por órgãos especiais de nosso corpo. De pronto, um ser onipotente nos coloca no seio de uma cidade fabulosa. Nos damos conta de que é feita com uma substância semelhante à que segregamos, mas no que toca o demais, é um sonho, cuja própria lógica, deformada, e como que reduzida e concentrada, é mais desconcertante do que seria a incoerência. Nosso plano ordinário se encontra ali; tudo está ali conforme o que esperávamos, mas só em potencial e, por assim dizer, aplastado por uma força pré-natal que o deteve no esboço e impediu seu desenvolvimento. As casas, que devem ter 4 ou 5 de altura, formam pequenas proeminências que podem cobrir com as duas mãos. Milhares de muros se acham demarcados por um traço que encerra a um tempo seu contorno e a matéria de que serão construídos. Por outro lado, há irregularidades que será preciso retificar, abismos a encher e harmonizar com o conjunto, vastas superfícies vacilantes a consolidar. Porque a obra é inesperada e perigosa. Foi concebida por uma inteligência soberana que adivinha a maior parte de nossos desejos, mas, embaraçada por sua própria enormidade, não pode realizá-los senão grosseiramente. Trata-se, pois, de desentranhar tudo isso, tirar proveito das menores intenções do sobrenatural doador, edificar em poucos dias o que ordinariamente requer anos, renunciar a costumes orgânicos, transtornar os métodos de trabalho.[3] É certo que o homem necessitaria toda sua atenção para resolver os problemas que surgissem, e não perder

3. Posto que nos ocupamos pela última vez das construções da abelha, assinalemos de passagem uma particularidade curiosa da *Apis florea*. Certas paredes de suas células para machos são cilíndricas, ao invés de hexagonais. Parece que ainda não deixou de passar de uma a outra forma e adotar definitivamente a melhor.

nada da ajuda assim oferecida por uma providência magnífica. Com certeza, com alguma diferença, é o que fazem as abelhas em nossas colmeias modernas.

VI

Disse que a própria política das abelhas não deve ser imóvel. É o ponto mais obscuro e difícil de averiguar. Não me deterei na maneira variável com que tratam suas rainhas, nas leis do enxameamento próprias de cada colmeia, e que parecem transmitir-se de geração em geração etc. Mas ao lado destes fatos, que não estão muito bem-determinados, há outros, constantes e precisos, que demonstram que todas as raças da abelha doméstica não chegaram ao mesmo grau de atividade política; há aquelas em que o espírito público ainda tateia e busca quiçá outra solução ao problema real. A abelha síria, por exemplo, cria de ordinário 120 rainhas, e, com frequência, maior número, enquanto nossa *Apis melífica* cria, no máximo, 10 ou 12. Cheshire nos fala de uma colmeia síria nada anormal, em que se descobriram 21 rainhas mortas e 90 vivas e livres. Eis aqui o ponto de partida ou de chegada de uma evolução social bastante estranha, que seria interessante estudar a fundo. Acrescentemos que, quanto à criação das rainhas, a abelha cipriota se assemelha muito à síria. Seria um retorno, ainda incerto, à oligarquia depois da experiência monárquica, à maternidade múltipla, depois da única? O certo é que as abelhas síria e cipriota, parentes muito próximas da egípcia e da italiana, são provavelmente as primeiras que o homem domesticou. Enfim, outra observação que nos faz ver mais claramente que os costumes, a organização previsora da colmeia não são o resultado de um impulso primitivo, mecanicamente seguido através das idades e climas diversos, mas o espírito que dirige a pequena república sabe distinguir as circunstâncias novas, amoldar-se e tirar partido delas, como aprendeu a precaver-se dos perigos das antigas. Transportada à Austrália ou à Califórnia, nossa abelha negra muda por completo seus costumes. Desde o segundo ou terceiro ano, depois de observar que o verão é perpétuo, que as flores nunca faltam, vive contentando-se em colher o mel e o pólen necessários para o consumo diário, e como sua observação recente e arrazoada pode mais que sua experiência hereditária, deixa de fazer provisões para o inverno.[4] E não se consegue manter sua atividade senão tirando-lhe o fruto de seu trabalho à medida que o acumula.

VII

Eis aqui que podemos ver com os olhos. Aceitar-se-á que há alguns fatos típicos e próprios para fazer vacilar a opinião dos que se persuadem de que toda inteligência é imóvel e todo porvir imutável, exceto a inteligência e o porvir do homem.

Mas se aceitarmos por um instante a hipótese do transformismo, o espetáculo se estende e sua claridade dubitativa e grandiosa logo alcança nossos próprios destinos. Não é evidente, mas para quem observa com atenção, é difícil não reconhecer que na Natureza há uma vontade que tende a elevar uma porção da matéria a um estado mais útil e quiçá melhor, a penetrar pouco a pouco sua superfície com um fluido cheio de mistério que chamamos de vida; depois o instinto, e pouco a pouco, a inteligência; a assegurar, a organizar, a facilitar a existência de quanto se anima com um fim desconhecido.

Não é seguro, mas muitos exemplos que vemos à nossa volta nos convidam a supor que se se pudesse avaliar a quantidade de matéria que desde a origem se elevou assim, se encontraria que não deixou de crescer. Repito que a observação é frágil, mas resulta a única que pudemos fazer sobre a força oculta que nos conduz; e é muito, um mundo em que nosso primeiro dever é a confiança na vida, mesmo que não se descobrisse nela nenhuma claridade estimulante e mesmo que não haja certeza em contrário.

Sei tudo o que se pode dizer contra a teoria do transformismo. Há provas numerosas e argumentos poderosíssimos, mas, a rigor, não convencem. Nunca devemos nos entregar sem receio às verdades da época em que vivemos. Talvez dentro de cem anos muitos capítulos de nossos livros, impregnados da época atual, parecerão ter envelhecido por causa disto, como hoje nos resultam as obras dos filósofos

4. Fato análogo assinalado por Buchner e que prova a adaptação imediata às circunstâncias, não lenta, secular, inconsciente e fatal, mas imediata e inteligente: nas ilhas Barbados, em meio às refinarias em que durante todo o ano encontram açúcar em abundância, cessam completamente de visitar as flores.

do século passado, cheias de um homem demasiado perfeito e que não existe, e tantas páginas do século XVII rebaixadas pela ideia do deus rude e mesquinho de uma tradição deformada por muitas vaidades e mentiras.

No entanto, quando não se pode saber a verdade de uma coisa, convém aceitar a hipótese de que, no momento em que a casualidade nos faz nascer, se impõe mais imperiosamente a razão. Pode-se apostar que é falsa, mas enquanto é tida como verdadeira, é útil, porque reanima e imprime às investigações uma direção nova.

À primeira vista, para substituir estas suposições engenhosas, pareceria mais razoável dizer simplesmente a verdade profunda: que não se sabe. Mas esta verdade não seria saudável senão no caso de estar provado que não se saberá jamais. Enquanto isso nos manteria numa imobilidade mais funesta que as mais lastimáveis ilusões. Somos de tal natureza que nada nos leva tão longe nem tão alto quanto os impulsos de nossos erros. No fundo, o pouco que aprendemos o devemos a hipóteses sempre arriscadas, muitas vezes absurdas, e em sua maioria menos circunspectas que as de hoje. Eram talvez insensatas, mas mantiveram o ardor da investigação.

Em resumo, que importa ao viajante que tem frio e vem sentar-se a seu lado que o que vela pelo lar da morada humana seja cego ou muito velho? Se o fogo não se apagou sob sua vigilância, apesar de ser cego e velho, fez o que teria podido fazer: o melhor.

Transmitamos esse ardor, não intacto, mas até aumentado. E nada pode aumentá-lo tanto quanto a hipótese do transformismo, que nos obriga a interrogar com um método mais severo e uma paixão mais constante tudo quanto existe sobre a Terra, em suas entranhas, nas profundezas do mar e na extensão dos céus.

Que se lhe opõe e que temos para pôr em seu lugar, se o rechaçamos? A grande confissão da ignorância sábia que se conhece, mas que de ordinário é inativa e desalenta a curiosidade, mais necessária ao homem que a própria sabedoria, ou a hipótese da fixidade das espécies e da criação, a qual afasta para sempre as partes vivas do problema e se desembaraça do inexplicável, abstendo-se de interrogá-lo.

VIII

Nesta manhã de abril, em meio ao jardim que renasce sob um divino rocio verde, diante dos canteiros de rosas e trêmulas prímulas rodeadas de tláspis branco, voltei a ver as abelhas silvestres, avós da que se submeteu aos nossos desejos, e recordei as lições do velho aficionado das colmeias da Zelândia. Mais de uma vez me fez passear por seus tabuleiros multicores, desenhados e conservados como nos tempos de Cats, o bom poeta holandês, prosaico e inesgotável. Formavam rosáceas, estrelas, grinaldas, arandelas e girândolas ao pé de um espinheiro branco e de uma árvore frutífera podada em forma de bola, pirâmide ou rocha, e o buxo, vigilante como mastim, corria ao longo das margens para impedir que as flores invadissem os passeios. Ali aprendi os nomes e os costumes das independentes coletoras que nunca observamos, porque as tomamos por insetos vulgares, por vespas malignas ou coleópteros estúpidos. E, com certeza, cada uma leva sob o duplo par de asas que a caracteriza no país dos insetos, um plano de vida, os utensílios e a ideia de um destino diferente e, com frequência, maravilhoso.

Eis aí os parentes mais próximos de nossas abelhas domésticas, os vespões recolhidos e hirsutos, às vezes minúsculos, quase sempre enormes e cobertos, como os homens primitivos, com um informe saiote cheio de aros de cobre ou cinábrio. Ainda são semibárbaros, violentam os cálices, rompem-nos, se resistem, e penetram sob os acetinados véus das corolas como o urso das cavernas entraria na tenda de seda e pérolas de uma princesa bizantina.

Ao lado, maior que o maior deles, passa um monstro vestido de trevas. Arde num fogo obscuro, verde e violáceo: é a xilócopa roedora de madeira, a gigante do mundo melífico. Atrás dela, por ordem de tamanho, vêm as fúnebres calicódomas, abelhas pedreiras, que se vestem de pano negro e constróem, com argila e carvalho, moradas tão duras quanto a pedra. Logo voam misturadas as da sípodas e as halictas, que se parecem com as vespas; as andrenas, muitas vezes em luta com um parasita fantástico; o estílope, que transforma completamente o aspecto da vítima escolhida; os panurgos, quase anões, e sempre carregados de pólen, e as ósmias multiformes, que têm cem indústrias particulares. Uma delas, a *Osmia papaveris*, não se contenta em pedir às flores o pão e o vinho necessários; corta das corolas da dormideira e da amapola grandes pedaços de púrpura para atapetar regiamente o palácio de suas filhas. Outra abelha, a menor de todas, um grão de pó que se fixa sobre quatro asas elétricas, a *Megachila centrucularia*, recorta nas folhas do roseiral semicírculos perfeitos que parecem feitos com algum instrumento improvisado, dobrados, os ajusta e foma com eles um estojo composto de uma série de pequenos dedais admiravelmente regulares, cada um deles, a célula de uma larva. mas um livro inteiro mal seria suficiente para enumerar os costumes e os talentos diversos da multidão sedenta de mel que se agita em todos os sentidos sobre as flores ávidas e passivas, esposas prometidas encadeadas que esperam a mensagem de amor que os distraídos hóspedes lhes trazem.

IX

Conhecem-se umas 4.500 espécies de abelhas silvestres. É inútil dizer que não as passaremos em revista. Talvez algum dia um estudo profundo, observações e experiências que não se fizeram até agora, e que requereriam mais de uma vida humana, lançarão luz decisiva sobre a história da evolução da abelha. Tal história, que eu saiba, ainda não foi metodicamente empreendida por ninguém. É desejável que o seja, pois tocaria mais de um problema tão grande quanto os de muitas histórias humanas. Quanto a nós, sem afirmar nada a mais, posto que entramos na velada região das suposições, nos contentaremos em seguir em sua marcha para uma existência mais inteligente, para um pouco de bem-estar e segurança, uma tribo de himenópteros, e marcaremos com um simples traço os pontos salientes dessa ascensão multimilenar. A tribo em questão é a das *Apiens*[5], cujos traços essenciais são tão fixos e distintos que é lícito crer que todos os seus membros descendem de um único antepassado.

5. Convém não confundir os três termos: *apiens, apides e Apitas*, que empregaremos sucessivamente, e que tomamos da classificação de Émile Blanchard. A tribo *apiens* compreende todas as famílias de abelhas. As *apides* formam a primeira destas famílias e se subdividem em três grupos: as *Meliponitas*, as *Apitas* e as *Bombitas* (vespões). E, por fim, as *Apitas* contêm as diversas variedades de nossas abelhas domésticas.

Os discípulos de Darwin, Hermann Muller entre outros, consideram uma pequena abelha silvestre, disseminada pelo mundo e chamada *Prosopis*, como a representante atual da abelha primitiva, mãe das abelhas que hoje conhecemos.

A infortunada *Prosopis* é, com pequena diferença, para a habitante de nossas colmeias, o que seria o homem das cavernas para os felizes homens de nossas grandes cidades. Talvez sem fazer caso e sem suspeitar que tinha pela frente a venerável avó a quem devemos provavelmente a maior parte de nossas flores e nossos frutos (estima-se, com efeito, que mais de 100.000 espécies de plantas desapareceriam se as abelhas não as visitassem, e quem sabe se até desapareceria nossa civilização, pois tudo se encadeia, nestes mistérios), talvez a tenhas visto mais de uma vez num canto abandonado de vosso jardim agitando-se em torno às touceiras.

É bonita e vivaz; a mais abundante na França tem elegantes manchas brancas sobre fundo negro. Mas esta elegância oculta uma miséria incrível. Leva uma vida famélica. Vai quase nua, ao passo que suas irmãs se acham vestidas com uma pele quente e suntuosa. Não possui nenhum instrumento de trabalho. Não tem cestinhas para recolher o pólen, como as *Apides*, ou, na falta de cestinhas, os pelos das coxas das *Andrenas*, ou a mecha ventral das *Gastrilégidas*. É necessário que recolha penosamente por meio de suas pequenas garras o pó dos cálices e que os carregue até seu covil. Não tem como ferramentas senão sua língua, boca e patas, mas sua língua é muito curta, suas patas fracas e sua mandíbula, sem força. Não podendo produzir a cera, escavar a madeira, aprofundar o solo, pratica galerias na medula macia dos arbustos secos, instala nela algumas células grosseiramente formadas, as prove de um pouco de comida destinada a filhos que não verá nunca, e, realizada sua tarefa para um fim que não conhece e que nós também ignoramos, vai morrer nalgum canto, só no mundo, como viveu.

X

Faremos caso omisso de muitas espécies intermediárias, nas quais poderíamos ver pouco a pouco como a língua se alarga para sorver o néctar no oco do maior número possível de corolas; como os aparelhos coletores de pólen — pelos, farpas, mechas tibiais, tarsianas e ventrais — saem e se desenvolvem; como as patas e mandíbulas se fortificam; como se formam secreções úteis e como o gênio que preside à construção das moradas busca e encontra em todos os sentidos melhoras surpreendentes. Semelhante estudo exigiria um livro. Só quero esboçar um capítulo — menos que um capítulo: uma página — que nos mostre, através das tentativas vacilantes da vontade de viver e de ser mais feliz, o nascimento, o desenvolvimento e a consolidação da inteligência social.

Vimos revolutear a infeliz *Prosopis*, que leva em silêncio neste vasto universo cheio de forças terríveis seu pequeno destino solitário. Certo número de suas irmãs, pertencentes a raças já mais bem dotadas e mais hábeis — por exemplo, as coletoras bem vestidas, ou a maravilhosa cortadora de folhas de roseira, a *Megachila centuncularia* —, vivem num isolamento muito profundo, e se por acaso encontram quem as siga e vá compartilhar sua morada, é um inimigo, ou, com mais frequência, um parasita. Porque o mundo das abelhas está povoado de fantasmas mais estranhos que os nossos, e tem uma espécie de duplo misterioso e inativo, exatamente igual à vítima que escolhe, salvo que sua preguiça imemorial lhe fez perder, um após outro, todos os seus instrumentos de trabalho e já não pode subsistir senão às expensas do tipo laborioso de sua raça.[6]

Entretanto, entre as abelhas a que se deu o nome demasiado categórico de *Ápidas solitarias*, como uma chama coberta de aglomeração da matéria que afoga toda uma vida primitiva, já existe o instinto social. Aqui e acolá, em direções inesperadas, por resplendores tímidos e por vezes estranhos, como para dar-se a conhecer, logra atravessar a pira que a oprime e que um dia alimentará o seu triunfo.

6. Exemplos: os vespões, que têm como parasitas os *psithyros*; os estélides, que vivem às custas dos antídios. "É necessário admitir — diz com muita razão J. Pérez (*As abelhas*), a propósito da identidade frequente do parasita de sua vítima — que os dois gêneros não são mais que duas formas de um mesmo tipo, e se acham unidos entre si pela mais estreita afinidade. Para os naturalistas partidários da doutrina do transformismo, este parentesco não é puramente ideal, mas real. O gênero parasita parece ser uma casta oriunda do gênero coletor, que perdeu os órgãos da coleta em consequência da adaptação à sua vida parasitária".

Se tudo é matéria neste mundo, se surpreende aqui o movimento mais imaterial da matéria. Trata-se de passar da vida egoísta, precária e incompleta à vida fraternal, um pouco mais segura e um pouco mais feliz. Trata-se de unir idealmente pelo espírito o que está realmente separado pelo corpo, de obter que o indivíduo se sacrifique pela espécie e substituir pelo que não se vê as coisas que se veem.

Haverá algo de estranho em que as abelhas realizem bem logo de início o que nós, que nos encontramos no ponto privilegiado em que o instinto irradia por toda parte na consciência, ainda não resolvemos? De modo que é curioso, quase comovedor, ver como a ideia nova tateia nas trevas que envolvem tudo o que nasce sobre a terra. Sai da matéria, ainda é inteiramente material. Não é mais que frio, fome, medo, transformados em uma coisa que ainda não tem forma. Arrasta-se confusamente em torno de longas noites, da proximidade do inverno, de um sonho equívoco que é quase a morte.

XI

Vimos que as xilócopes são abelhas fortes que assentam seu ninho na madeira seca. Sempre vivem solitárias. Porém, no fim do verão encontram-se alguns indivíduos de uma espécie em particular (*Xilocopa cyanescens*) friorentamente agrupados em um tronco de asfodelo, para passarem o inverno juntos. Esta fraternidade tardia é excepcional entre as xilócopes, mas entre seus parentes próximos, as ceratinas, o costume já é invariável. É a ideia que nasce. Detém-se em seguida, e, até agora, entre as xilocópidas, não pode passar dessa primeira linha obscura do amor.

Em outras *Apiens*, a ideia que se busca adquire outras formas. As calicodomas dos telhados, que são abelhas pedreiras, as dasípodas e as halictas, que fazem tocas, se reúnem em colônias numerosas para construir seus ninhos. Mas é uma multidão ilusória formada de solitárias, sem nenhuma inteligência nem ação comum. Cada inseto, profundamente isolado na multidão, constrói sua morada para si, sem ocupar-se de seu vizinho. "É — diz J. Pérez — um simples concurso de indivíduos que os mesmos gostos e as mesmas aptidões reúnem num mesmo sítio, em que a máxima de cada um por si se pratica em todo o seu rigor; enfim, uma aglomeração de trabalhadoras que recorda o enxame de uma colmeia unicamente pelo número e ardor. Tais reuniões são, pois, a simples consequência do grande número de indivíduos que habitam a mesma localidade".

Mas entre as panurgas, primas das dasípodas, logo surge um raio de luz, e ilumina o despertar de um sentimento novo na aglomeração fortuita. Reúnem-se como as precedentes, cada uma cava por sua conta sua câmara subterrânea, mas a entrada, o corredor que desde a superfície do solo conduz aos covis separados, é comum. "De modo que — diz J. Pérez —, no que toca ao trabalho das células, cada uma trabalha como se estivesse só, mas estas utilizam a galeria de acesso; todas, nisto, aproveitam o trabalho de uma só e poupam assim o tempo e o trabalho de estabelecer cada uma sua galeria particular. Seria interessante averiguar se esse trabalho preliminar se executa em comum e se várias fêmeas se revezam para tomar parte nele por turnos."

Seja como for, a ideia fraternal acaba de atravessar a parede que separa os dois mundos. Já não é o inverno, já não é fome ou o horror da morte que a arranca ao instinto, louca e desfigurada: é a vida ativa que a sugere. Mas aqui também se detém bruscamente; não se estende mais nessa direção. No entanto, não desanima, mas experimenta outros caminhos, e penetra entre os vespões, amadurece e toma corpo numa atmosfera diferente e opera os primeiros milagres decisivos.

XII

Os vespões — essas grandes abelhas peludas, barulhentas, assustadoras, mas pacíficas, e que todos nós conhecemos — são, a princípio, solitários. Em princípios de março, a fêmea fecundada que sobreviveu ao inverno começa a construção de seu ninho, quer sob a terra, quer sob um arbusto, segundo a espécie a que pertença. Encontra-se só no mundo, na primavera que começa. Desembaraça, escava e atapeta o lugar escolhido. Constrói logo células informes de cera, as provê de mel e pólen, põe e incuba seus ovos, cuida e alimenta as larvas que nascem, e não tarda em ver-se rodeada de uma porção de filhas que assistem em todos os seus trabalhos interiores e exteriores, e algumas das quais começam por sua vez a pôr ovos.

O bem-estar aumenta, a construção das células melhora, a colônia cresce. A fundadora continua sendo sua alma e a mãe principal, e se encontra à cabeça de um reino que é como o esboço do da nossa abelha melífica. Esboço bastante grosseiro, para dizer a verdade, pois nele a prosperidade é sempre limitada e as leis mal definidas e mal observadas; o canibalismo e o infanticídio primitivos reaparecem regularmente; a arquitetura é informe e dispendiosa, mas o que diferencia sobretudo as duas cidades é que uma é permanente, e a outra, efêmera. Com efeito: a dos vespões perecerá totalmente no outono; seus 300 ou 400 habitantes morrerão sem deixar pegadas; todo esse esforço será dispersado e só sobreviverá uma fêmea, que na próxima primavera repetirá, na mesma solidão e miséria que sua mãe, idêntico trabalho inútil. Porém, desta vez resulta que a ideia adquiriu consciência de sua força. Não a vemos passar estes limites entre os vespões, mas no momento, fiel a seu costume, por uma espécie de metempsicose infatigável, vai encarnar-se, vibrante ainda com seu último triunfo, onipotente e quase perfeita, em outro grupo, o penúltimo da raça, o que precede imediatamente a nossa abelha doméstica, que a coroa; quer dizer, o grupo da meliponitas, que compreende as meliponas e as trígones tropicais.

XIII

Aqui tudo está organizado como em nossas colmeias. Há uma mãe, provavelmente única[7], operárias estéreis e machos. Até há alguns detalhes melhor organizados. Os machos, por exemplo, não estão completamente ociosos, pois segregam cera. A entrada da cidade é mais cuidadosamente defendida: durante as noites frias é fechada por uma porta; nas noites quentes, é protegida por uma espécie de cortina, que deixa passar o ar.

Mas a república é menos forte; a vida geral, menos segura; a prosperidade, mais limitada que entre nossas abelhas, e onde estas são introduzidas, as meliponitas tendem a desaparecer. A ideia fra-

7. Não é seguro que o princípio da realeza ou da maternidade única seja rigorosamente respeitado entre as meliponitas. Blanchard pensa, com razão, que achando-se desprovidas de ferrão e não podendo, por conseguinte, matar-se entre si tão facilmente como as rainhas-abelhas, várias fêmeas vivem provavelmente na mesma colmeia. Mas o fato não pôde ser comprovado até agora, por causa da grande semelhança entre fêmeas e operárias e a impossibilidade de criar as meliponas sob nosso clima.

ternal está igual e magnificamente desenvolvida nas duas raças, exceto num ponto, em que numa delas mal se passou o que já havia realizado na família dos vespões. Este ponto é a organização mecânica do trabalho em comum, a economia precisa do esforço; em uma palavra: a arquitetura da cidade, manifestamente interior. Bastará recordar o que disse a respeito disto no livro III, capítulo XVIII deste volume, acrescendo que, nas colmeias de nossas *Apitas*, todas as células são indiferentemente próprias para a cria dos ovos e para armazenagem das provisões, e duram tanto quanto a própria cidade, enquanto que entre as meliponitas não podem servir mais que a um objetivo, e as que formam o berço das jovens ninfas são destruídas, depois do nascimento destas.

Por conseguinte, entre nossas abelhas domésticas é onde a ideia tomou sua forma mais perfeita. Eis aqui um quadro rápido e incompleto dos movimentos dessa ideia. Serão esses movimentos fixos para sempre em cada espécie, e a linha que os une não existiria mais que em nossa imaginação? Não estabeleçamos todavia sistema algum nessa região mal explorada. Não procedamos mais que a conclusões provisórias e, se quisermos, inclinemo-nos antes para as mais cheias de esperança, porque se for absolutamente necessário escolher, alguns resplendores já nos indicam que as mais desejadas serão as mais seguras. Ademais, reconheçamos também nossa profunda ignorância. Aprendamos a abrir os olhos. Mil experiências que se fizessem, e não se conseguira. Por exemplo: as *Prosopis*, prisioneiras e obrigadas a coabitar com seus semelhantes, poderiam trespassar à larga o umbral de ferro da solidão absoluta, comprazer-se em reunir-se como as dasípodas e fazer um esforço fraternal parecido com o dos panurgos? Os panurgos, por sua vez, em circunstâncias impostas e anormais, passariam da galeria comum à câmara comum? As mães dos vespões, se invernassem juntas, criadas e alimentadas em cativeiro, chegariam a entender-se e dividir o trabalho? E as meliponitas, se se lhes dessem favos de cera alveolada? Já se lhes ofereceram ânforas artificiais para substituir suas curiosas ânforas para mel? Aceitá-las-iam? Tirariam partido delas? E como adaptariam seus costumes a esta arquitetura insólita? Perguntas que se dirigem a seres muito pequenos, e, sem dúvida, encerram a palavra de nossos maiores segredos. Não podemos responder a elas porque nossa experiência data de ontem. Contando a partir de Ráumur, há um século e meio que se observam os costumes de certas abelhas silvestres. Réaumur não conhecia senão algumas; nós já estudamos algumas outras, mas as há às centenas, aos milhares, quiçá, que até hoje não foram interrogadas senão por viajantes ignorantes ou apressados. As que conhecemos desde os formosos trabalhos do autor das *Memórias* não mudaram nada de seus costumes, e os vespões, que por volta de 1730 se empoavam de ouro, vibravam com o deleitável murmúrio do sol, e se fartavam de mel nos jardins de Cherenton, eram iguais aos que, chegado abril, zumbiram pela manhã, a poucos passos dali, no bosque de Vincennes. Mas desde Réaumur até nossos dias, é um abrir e fechar de olhos desde o tempo que examinamos, e várias vidas humanas, umas depois das outras, não formam mais que um segundo na história de um pensamento da Natureza.

XIV

Se a ideia que seguimos com a vista tomou sua forma suprema entre nossas abelhas domésticas, não por isso se pode dizer que tudo seja impecável na colmeia. Uma obra-prima, a célula hexagonal, alcança nela, de todos os pontos de vista, a perfeição absoluta, e a todos os gênios reunidos seria impossível aperfeiçoá-la em alguma coisa. Nenhum ser vivo, nem sequer o homem, realizou no centro de sua esfera o mesmo que a abelha na sua; e se uma inteligência alheia viesse pedir à Terra o objeto mais perfeito da lógica da vida, seria preciso presentear-lhe o humilde favo de mel.

Mas nem tudo é igual a esta obra-prima. Já notamos algumas faltas e alguns erros, às vezes evidentes, às vezes misteriosos: a superabundância e a ociosidade ruinosas dos machos, a partenogênese, os perigos do voo nupcial, o enxameamento excessivo, a falta de piedade, o sacrifício quase monstruoso do indivíduo à sociedade. Acrescentemos a isto uma estranha propensão a armazenar enormes massas de pólen, as quais, inutilizadas, não tardam a endurecer e estragar, atrapalhando; o longo interregno estéril que vai do primeiro enxame à fecundação da segunda rainha etc. etc.

Desta faltas, a mais grave, a única que sob nossos climas é quase sempre fatal, é o enxameamento repetido. Mas não esqueçamos que nisto a seleção natural da abelha doméstica é, de há milhares de anos, contrariada pelo homem. Do egípcio do tempo dos faraós aos nossos camponeses de hoje, o apicultor trabalhou sempre contra os desejos e as vantagens da espécie. As colmeias mais prósperas são as que não mandam mais que um enxame no começo do verão. Assim cumprem seu desejo materno, asseguram a conservação da linhagem, a renovação necessária das rainhas e o porvir do enxame, o qual, sendo numeroso e precoce, tem tempo de edificar moradas sólidas e bem providas antes da chegada do outono. É indubitável que, entregues essas colmeias a si mesmas, e sendo seus rebentos os únicos que sobrevivem às inclemências do inverno, que quase regularmente teriam aniquilado as colônias animadas de instintos diferentes, a regra do enxameamento restrito se fixaria pouco a pouco em nossas raças setentrionais. Mas são precisamente essas colmeias prudentes, opulentas e aclimatadas as que o homem sempre destruiu para se apoderar de seus tesouros. Não deixava, e ainda não deixa, na prática rotineira, sobreviver mais que as colônias, troncos esgotados, enxames secundários ou terciários, que têm apenas com que passar o inverno e aos quais dá algumas sobras de mel para completar sua miseráveis provisões.

Disto resultou que a espécie, provavelmente, debilitou-se, que a tendência ao enxameamento excessivo se desenvolveu hereditariamente e que hoje quase todas as nossas abelhas, principalmente as negras, enxameiam demasiado.

De alguns anos para cá, os métodos novos de apicultura *mobilista* vieram combater este costume perigoso, e a ver com que rapidez a seleção artificial opera sobre a maior parte de nossos animais domésticos, sobre os bois, os cães, os carneiros, os cavalos, os pombos, para não citarmos todos, pode-se crer que dentro em pouco teremos uma raça de abelhas que renunciará quase inteiramente ao enxameamento natural e aplicará sua atividade à coleta de mel e pólen.

XV

Mas uma inteligência que adquirisse mais claramente consciência do fim da vida comum não poderia evitar as demais faltas? Haveria muito que dizer sobre estas faltas, que ora emanam do desconhecido da colmeia, ora não são mais que consequência do enxameamento e de seus erros, nos quais nós tomamos parte. Mas depois do visto até aqui, cada qual, a seu bel-prazer, pode conceder ou negar toda inteligência às abelhas. Não quero defendê-las.

Parece-me que em muitas circunstâncias dão mostras de entendimento. Mas mesmo que fizessem cegamente o quanto fazem, não diminuiria minha curiosidade.

É interessante ver que um cérebro encontre em si recursos extraordinários para lutar contra o frio, a fome, a morte, o tempo, o espaço, a solidão e todos os inimigos da matéria que se anima. Mas que um ser chegue a conservar sua pequena vida complicada e profunda sem exceder o instinto, sem fazer nada que não seja muito ordinário, é interessantíssimo e extraordinário também.

O ordinário e o maravilhoso se confundem, se equivalem e se realçam quando se lhes aponta seu verdadeiro lugar no seio da Natureza. Já não são eles os que levam nomes usurpados; antes são o incompreendido e o inexplicado que devem fixar nossa atenção, alegrar nossa atividade e dar uma força completamente nova e mais justa a nossos pensamentos, nossos sentimentos e nossas palavras.

É prudente não empenhar-se em outra coisa.

XVI

Ademais, não temos autoridade para julgar, em nome de nossa inteligência, as faltas das abelhas. Não vemos entre nós a consciência e a inteligência viver longamente em meio a erros e faltas sem notá-lo, e mais tempo ainda sem remediá-lo? Se existe um ser a quem seu destino chama de modo especial, quase organicamente, a tomar consciência, a viver e organizar a vida comum segundo a razão pura, esse ser é o homem. No entanto, veja o que ele faz e compare as faltas da colmeia com as de nossa sociedade. Se fôssemos abelhas a observar os homens, nosso assombro seria grande ao examinar, por exemplo, a ilógica e injusta organização do trabalho numa tribo de seres que, por outro lado, nos pareceriam dotados de uma razão excepcional. Veríamos a superfície da Terra, única fonte de toda a vida comum, penosa e insuficientemente cultivada por duas ou três décimas partes da população total; outra décima parte, absolutamente ociosa, absorvendo o melhor dos produtos daquele primeiro trabalho; as sete últimas décimas partes condenadas a uma quase-fome perpétua, extenuando-se sem cessar em esforços estranhos e estéreis de que nunca se aproveitam e que não parecem servir senão para tornar mais complicada e inexplicável a existência dos ociosos. Disto inferiríamos que a razão e o sentido moral desses seres pertencem a um mundo muito diferente do nosso e que obedecem a princípios que não devemos esperar compreender. Mas prossigamos nesta revista e nossas faltas. De todas as maneiras se acham sempre presentes em nosso espírito, o qual não serve de grande coisa. Apenas de século em século uma delas se levanta, sacode-se um instante de seu sono, dá um grito de estupor, estica o braço dolorido que sustenta sua cabeça, muda de posição, volta a deitar e dormir, até que uma nova dor, produzida pelas profundas fadigas de repouso, a desperta.

XVII

Admitida a evolução dos *Apiens*, ou ao menos das *Apitas*, posto que é mais verossímil que sua fixidade, qual a direção constante e geral dessa evolução? Parece seguir a mesma curva que a nossa. Tende visivelmente a minorar o esforço, a insegurança e a miséria, para aumentar o bem-estar, as probabilidades favoráveis e a autoridade da espécie. Para este fim, não vacila em sacrificar o indivíduo, compensando com a força e a felicidade comuns a independência da solidão, ilusória e desgraçada. Dir-se-ia que a Natureza estima, como Péricles em Tucídides, que os indivíduos, mesmo quando sofrem nele, são mais felizes no seio de uma cidade cujo conjunto prospera, que se o indivíduo prospera e o Estado decai. Protege o escravo laborioso na cidade poderosa, e abandona os inimigos sem forma e sem nome, que habitam os minutos do tempo, os movimentos do universo, as sinuosidades do espaço, o transeunte sem deveres na associação precária. Não é o momento de discutir esse pensamento da Natureza, nem de perguntar-se se convém que o homem siga, mas o certo é que em qualquer parte onde a massa infinita nos permite ver a aparência de uma ideia, a aparência toma esse caminho, cujo termo não se conhece. Pelo que nos concerne, bastará observar o cuidado com que a Natureza procura conservar e fixar na raça que evolui o conquistado sobre a inércia hostil da matéria. Marca um ponto a cada esforço feliz e põe, através do retrocesso, que seria inevitável depois do esforço, não sei que leis especiais e benévolas. Este progresso, que seria difícil negar nas espécies mais inteligentes, quiçá não tem mais fim que seu próprio movimento e ignora para onde vai. De qualquer maneira, num mundo em que nada, a não ser alguns fatos deste gênero, indica uma vontade precisa, é bastante significativo ver certos seres elevarem-se assim gradual e continuamente desde o dia em que abrimos os olhos; e mesmo que as abelhas não nos tivessem revelado senão essa misteriosa espiral de resplendores na noite toda-poderosa, seria o bastante para não sentir o tempo consagrado ao estudo de seus pequenos gastos e seus humildes costumes, tão distantes e, entretanto, tão próximos de nossas grandes paixões e nossos destinos orgulhosos.

XVIII

É possível que tudo isto seja vão e que nossa espiral de resplendores, como a das abelhas, não brilhe mais que para entreter as trevas. Também é possível que um incidente enorme, procedente de fora, de outro mundo, ou de um fenômeno novo, dê de súbito um sentido definitivo a esse esforço e o destrua definitivamente. Mas sigamos nosso caminho como se nada de anormal devesse suceder. Se soubéssemos que amanhã uma revelação, por exemplo, uma comunicação com um planeta mais antigo e mais luminoso, devesse transtornar nossa Natureza, suprimir as paixões, as leis e as verdades radicais de nosso ser, o melhor seria consagrarmos o dia de hoje a interessar-nos por estas paixões, por estas leis e por estas verdades, a concertá-las em nosso espírito, a permanecer fiéis a nosso destino, consistente em dominar e elevar alguns graus, em nós mesmos e à nossa volta, as forças obscuras da vida. É possível que nada disto subsista na nova revelação, mas é impossível que os que tenham cumprido até o fim a missão que é, por excelência, a missão humana, não se encontrem em primeiro lugar para acolher esta revelação; mesmo que se lhes desse a conhecer que o único dever verdadeiro fosse a incúria em aprender e a resignação ao incognoscível, saberão compreender melhor que os outros essa incúria e essa resignação definitiva e tirar partido delas.

XIX

Ademais, não fantasiemos por esse lado. Que a possibilidade de uma aniquilação geral não entre no cálculo de nossas tarefas, como tampouco a assistência milagrosa do acaso. Até aqui, apesar das promessas de nossa imaginação, encontramo-nos sempre entregues a nós mesmos e aos nossos recursos. Com nossos esforços mais humildes realizamos o útil e o duradouro que se fez na Terra. Somos livres para esperar o melhor ou o pior de algum acidente alheio, mas na condição que essa espera não se misture com nossa tarefa humana. Nisso também as abelhas nos dão uma lição excelente, como toda lição da Natureza. Para elas, houve, na verdade, uma intervenção prodigiosa. Acham-se entregues, de modo mais manifesto que nós, nas mãos de uma vontade que pode aniquilar ou modificar sua raça e transformar seus destinos, nem por isso deixam de seguir seu dever primitivo e profundo. E precisamente as que melhor obedecem a este dever são as que se acham mais preparadas para aproveitar-se da intervenção sobrenatural que hoje eleva a sorte de sua espécie. E é menos difícil do que se crê descobrir o dever invencível de um ser. Pode-se ler sempre no órgão que o distingue e ao que se acham subordinados todos os demais. E assim como está escrito na língua, na boca e no estômago das abelhas que devem produzir o mel, está escrito em nossos olhos, em nossos ouvidos, em nossas medulas, nos lobos cerebrais, no sistema nervoso de nosso corpo, que fomos criados para transformar o que absorvemos das coisas da Terra em uma energia particular e de uma qualidade única sobre este globo. Nenhum ser, que eu saiba, foi disposto para produzir como nós esse fluido estranho que chamamos pensamento, razão, alma, espírito, poder cerebral, virtude, bondade, justiça, saber... pois possui mil nomes, mesmo não tendo uma essência. Tudo em nós lhe foi sacrificado. Nosso músculo, nossa saúde, a igualdade de nossos membros, o equilíbrio de nossas funções animais, a quietude de nossa vida levam a carga crescente de sua preponderância. É o estado mais precioso e mais difícil a que se pode elevar a matéria. A chama, o calor, a luz, a vida mesmo e o instinto mais sutil que a vida e a maior parte das forças intangíveis que coroavam o mundo antes de nossa vinda empalideceram ao contato do novo eflúvio. Não sabemos onde nos conduz, o que fará de nós nem o que faremos dele. Ele nos dirá quando reinar na plenitude de sua força. Enquanto isso, não pensemos mais que dar-lhe o quanto nos peça, em sacrificar-lhe o que poderia atrasar seu desenvolvimento. Indubitavelmente este é, por ora, o primeiro e mais claro de nossos deveres. Nos alimentará e prolongará segundo ele mesmo seja alimentado como a água das alturas alimenta e prolonga os arroios da planura segundo o alimento misterioso de seu cume. Que não nos atormente o desejo de conhecer quem tirará partido da força que assim se acumula às nossas expensas. As abelhas ignoram se comerão o mel que recolhem. Nós ignoramos igualmente quem se aproveitará do poder espiritual que introduzimos no Universo. Do mesmo modo que as abelhas vão de flor em flor recolhendo mais mel do que necessitam para elas e seus filhos, busquemos também, de realidade em realidade, o quanto pode alimentar essa chama incompreensível, a fim de nos acharmos dispostos a qualquer acontecimento com a segurança do dever orgânico cumprido. Alimentêmo-la com nossos sentimentos, com nossas paixões, com o que se vê, sente, ouve e toca, e com sua própria essência, que é a ideia que se tira dos descobrimentos, das experiências e das observações que traz do que visita. Chega então um momento em que tudo se converte tão naturalmente em bem, para um espírito que se submeteu à boa vontade do dever realmente humano, que sequer a suspeita que os esforços feitos não tenham objetivo torna ainda mais claro, mais puro, mais desinteressado, mais penetrante e mais nobre o ardor de suas investigações.

Este livro foi composto com a tipografia Times New Roman
e impresso pela Meta Brasil.